Der Sommer
fängt doch so an

2000

Sarah Kirsch

Der Sommer fängt doch so an!

Tagebuch 1990

Herausgegeben und mit einem Nachwort
von Moritz Kirsch

Anmerkungen von Frank Trende

Steidl

Inhalt

19. März 1990

Die Sonne ist hinter Wolken und sie kömmt auch nicht hervor. Es stinkt.

Sie haben auf die Schulwiese Gülle gefahren!! Wir müssen erleiden. Aber es ist gottlob! keine Schweinegülle hier in unserer Nähe. Gestern unterwegs rochen wir die bestialisch vom Geruch her.

Was getan, auch ein paar Akwareller gemacht. Moses hat einen neuen Ausweis beantragt. Schornsteinfeger war da.

20. März 1990

Bin im Begriffe, mich nach dem Marktflecken* aufzumachen, Frisör und dergleichen.

Natürlich regnet es. Und es ist auch etwas kühler als zuvor. Wo Sommer war. See you later!

Es wurde aber warm auch sommerlich wieder! Weil und obgleich Regen angesagt war. Wieder glücklich retour vom Ritt über die Dörfer. Prozedur beim Glatzenschneider gut überstanden. Nun war ich im Garten und auf dem Deich. Schmeiße schon etwas meine Sachen für morgen zusammen. Robert geht baden. Hat jetzt eine bevorzugte Uferstelle, wo er sich reinstürzt. Ging gerade mit Moses* dorthin, Robert der Hund.

Brauche noch was zu lesen. Aber was? Ich finde immer schlechter was Interessantes für unterwegs.

21. März 1990

In Rumänien nun anti-ungarische Ausschreitungen, aber blutige. Es ist ein grauenhafter Schwachsinn. Sie sind alle verbogen und kaputt, ein bißchen so ähnlich sind die Leute in der DDR auch in Mitleidenschaft gezogen. Unterdrückung bewirkt es. Ich bin schon im Aufbruch. Im Moment herrscht noch Nebel. Kann sein, daß es ein Regentag wird. Ich sitze sowieso fortwährend im Zug. 16.34h bin ich erst am Orte. Nun hol ich mir Koffie.

Mariehamn aber meldet folgendes Wetter: Windstille, 20 Grad, 1010 HP. Sehr nette Vorstellung wieder. Das Wort Vorstellung – was es mehreres meint. Sich selbst zwiefach gespiegelt. Kino im Kopp sowieso.

Ich hab mir das Badewasser wiederum angeworfen. Muß noch in aller Ruhe im Wasser liegen, daß ich den Tag dann schaffe. Denn, wenn ich soviele Leute sehe, unterwegs, bei der Lesung etc. – diesz setzt mir schon zu.

23. März 1990

Retour von der Bildungsreise – wer bildete wen – diesz ist die Frage. Ist ne anstrengende Stadt Francoforte. Nicht sehr beliebt bei mir. Und ein Hotel mit air condition habe ich schon immer gehaßt. Na Schwamm drüber. Geschafft. Am 31. aber fahr ich schon wieder los, und bis München. Naja, alles für unsere olle Schule*, daß wir sie verschönert schon haben. In die ich immer zurückkehren kann.

In Litauen befürchten sie, daß Moskau Gewalt einsetzt!!* Litauen fordert die Welt auf, zu protestieren. In den Sowjetmedien eine Kampagne natürlich gegen die Litauer. Reaktionärer Staatsumbruch wäre es ja und so weiter. Aber sie sind ja schließlich nicht freiwillig in die SU eingetreten, was ja ein wichtiger Unterschied ist. Und Deutschland hätte die Pflicht, sie zu unterstützen. Sie lügen, was den Hitler-Stalin-Pakt angeht. Es ist unglaublich. Die BRD müßte Stellung nehmen. Überhaupt niemand traut sich.

24. März 1990

Umfangreiches Sturmtief schon wieder, kalt. Und Warmfronten bunt durcheinander. Schön grün draußen dabei. 2 große Drosseln in der Linde, geduckt gegen den Sturm, wunderschöne Tiere! Riesenviecher. Misteldrosseln dann wohl. Ja, alles nachgelesen. Ich liebe sie sehr. Nun sind sie weck. Krähen fliegen mit Nistmaterial.

Militärkolonnen rollen durch Vilnius, Hubschrauber brausen drüber und werfen Flugblätter ab. Amerikanische Diplomaten wurden aus Vilnius zu gehen von den Sowjets gezwungen.

Scheiß-Gorbatschow, war noch nie für ihn eingenommen, das ist die Wahrheit.

Loulou hat zwei Riesenmäuse gefangen und nur zur Hälfte geschafft. Sah wüst aus, sie bringt immer viel Gras mit herein, wie sie die Mäuse dazu fängt. Sie selbst sitzt dann sehr stolz auf der Bettdecke. Sehr aufrecht und hübsch, schnurrend. Wird auch gelobt.

25. März 1990

Uhren umgestellt. Bei uns ist es im Erdgeschoß kalt, das Öl ist empty, können erst morgen bestellen, weil heute ja Sonntag ist. Bemerkten gestern schon die Katastrophe. Und heute in Ungarn Parlamentswahlen – wir hingegen Gemeindewahlen. Nicht vergessen. Müssen wir alle schnell hin, wenn es hell ist. Now it's only six o'clock. Und das bei frischer Sommerzeit – bin wieder früh unterwegs. Hatte auch Aquareller zu betrachten, die über Nacht in der Presse waren. Einigermaßen zufrieden.

Von Litauen noch nix gehört, in den Nachrichten kamen sie nicht vor. Das Ultimatum von Moskau ging gestern Nacht ja zuende. Ich hole mir Koffie. Ja. Sprossergesänge die halbe Nacht. Bei offenem Fenster sehr hübsch. Hab das Tier erst für einen Fitis gehalten, als ich es nicht singen hörte. Man wird alt wie eine Kuh und lernt immernoch dazu. In den Büchern steht, Nachtigall & Sprosser wären gut spatzengrosz. Diesz ist aber irreführend. Singen sehr hübsch und laut. Nicht ganz so schluchzend wie die Nachtigallen, aber auch sehr hübsch wirklich. Hab das singende springende Viehlein nie so richtig bestimmen können, bis ich vorhin bei offenem Fenster es brüllen hörte, da dachte ich, son schöner Gesang – dies kann bloß der Sprosser hier sein. Nachtigall kenn ich ja gut aus meiner Kindheit. Sang sie am Bullerberge doch stets. Wo wir bei Fliegeralarm in die Obstplantagen liefen, in einen alten Eisenbahnwagen 3. Klasse. War alles sauber, kein Müll. Auch in dem Wagen wars wie gekehrt, wenn ich mir das rückwirkend betrachte.

26. Märzen 1990

Moses will nach Hamburg in die Kunsthalle mit Claudia* hin. Machte sich gerade auf den Weg. Lisa* besucht er auch noch. Ich bin aus Soli mit aufgestanden. War ne Maus in der Brekkies-Schachtel im Küchenvorraum – als ich Peter was geben wollte, fiel sie um. Ich fühlte sie darin. Ließ sie draußen raus. Katzen merkten nix.

In Vilnius besetzen sie das Parlamentsgebäude und Anderes. Nun müßten sie aufpassen, daß niemand sich provozieren läßt. Haben Ausschuß zur Verhinderung dergleichen gegründet.

Wir haben ja gestern Grüne gewählt. Es stand noch nicht fest, ob die in Dithmarschen reinkamen, es war äußerst knapp. Jetzt war es noch nicht zu hören. Keine Einzelheiten. Hab ab Mittag den ganzen Spiegel gelesen – diesz ist nicht unbedingt gut für den Leser. Ich jedenfalls bin nicht glücklicher geworden, im Gegenteil. Recht eigentlich könnte ich mich sofort erschießen. Gänzlich demoralisierend solche Lektüre.

Nun höre ich »Büchermarkt«, wenn es denn recht ist. Morgen Schneefall – hörte ich richtig? Könnte gleich in mein Bett gehen, wenn ich alles so höre. Harald Gerlach – der Thüringer Lyriker. Sein neues Buch wird besprochen – »Wüstungen«. 1940 geboren. Alexander von Bormann* findet noch alles schön, was er bespricht. Vergibt wohl den DDR-Bonus weiter. Ich finde das nicht gut, jedenfalls nicht das, was ich höre. Die sogenannten Sprachspiele finde ich gräßlich. Tiefsinnig soll es auch sein. Kann ich nun gar nicht finden. Man müßte es verreißen, es ist primitiv und obendrein dumm. Monoton, einfältig. »Ein großer Gedichtband« hört er auf. Diesz ist doch verrückt!

Renate Feyl* wird nun interviewt, von der Frau Bechtolsheim. Über die Frau Gottsched geht wohl ihr Buch. Warum nicht. Frau tut gut daran, Frau muß es wissen. Sie wurde von ihrem Gatten angehalten, zu schreiben, für ihn, er gab ihr dann das ihr zustehende Honorar. Gönnerhaft wird hier gesagt. Wer kann es wissen? Es ist nix zeitgenössisch über sie geschrieben worden. Er hat einen schandbaren Nachruf geschrieben. Aber Briefe an eine Freundin sind gottlob doch erhalten. Ihre Übersetzungen, französische Akademie-Berichte auch. Sieht sie eine Differenz zwischen den beiden deutschen Literaturen? Konkurrenz nun im Nacken? Nein, sie hat keine Angst. Wieso denn Identitätsverlust und solchen Unsinn. Gewinn! Weil man nun schreiben kann, wie es gewesen ist. Vorher viel Journalistik-Ersatz, was sich auch sprachlich auswirkte. Und wie quälend es ist, 3 Jahre auf ein Buch warten zu müssen, nachdem man das Manuskript ja abgegeben hat. Zeitschriftenkritik: Merkur* bemüht sich: Ent-Tabuisierung des Nationalen anzugehen.

Es wäre alles normal etc. Nationalstaat wäre es auch & deshalb so notwendig heute. Elias: Nationalstolz sei eine Tugend. Nur die Linken hätten keinen, die Terroristen. Viele verschiedene Beiträge dazu. Etwas verblasen doch wohl. Diesz war es auch schon. See you later, alligator.

Morgen muß ich wohl anfangen, Fenster zu putzen. Morgen, morgen, nur nicht heute. Ich geh mit Robertchen raus. Er ist ja schon draußen. Ich noch nicht. Gesagt, getan und danach putze ich doch noch ein Fenster, diesz im Karpathen-Zimmer. Die Sonne gestattet es jetzt. Dabei spreche ich mit dem Esel gegenüber am Deich. So ist es stets, weil er sofort bemerkt, wenn ich da bin. Und die Katzen kommen dann auch und ich sehe allerlei Vögel dann fliegen oder, wenns hoch kömmt, ein Schiff. Au revoire.

27. März 1990

Nebul und -2°, jetzt kömmt der Winter, vielleicht schneit es noch und es zerfrieren die jungen Blätter bei denen Weiden. Es ist kälter als im Januar und Februar. Hole mir erst mal Koffie. Wunderbar! Moses sagte bloß, als ich ihn nach der Kunsthalle fragte: Montag! Wie oft stand der Mensch vor verschlossenen Türen, deshalb! Ich mit ihm auch schon im herrlichen Ausland. Kann man nix machen! Aber sie waren dann in mehreren Kirchen.

Heute müssen wir Öl kriegen! Unten im Karpathenzimmer war es drei Tage kalt. Hier oben geht es noch, dank der Pumpe. Mariehamn: Windstille, -4°, 1025. Ob da Krokusse blühn oder erst die Schneeglöckchen gar? Schneeglöckchen höchstens. Bei Sigrid* gibt es noch gar nix, Schneestürme vielleicht. Sie hat lange nicht geschrieben. Entweder arbeitet sie wild oder ist stark melancholisch. Muß ihr mal schreiben! Tat es gerade. Das P.S.: »Habe öfters an Dich gedacht, jetzt war Dein Bild vor meinem Fenster, diesz grüne grüne Land, die wallenden Möwen darüber, mal sich niederlassend, mal auffliegend von denen Koppelpfählen. Diese weißen Vögel wie Messer.«

Öl ist gekommen. Wölfchen* mußte den Brenntopf säubern. Dann den Ofen schwärzen. Eins zieht das andere nach sich. Ich hab allerlei Blumen umgetopft, eingepflanzt, Ableger gemacht von meinen Lieblingskakteen. Nun putze ich noch ein Fenster, das im Grünen Zimmer, welches nach außen aufgeht für Loulou, weshalb die Reinigung mit Akrobatie verbunden ist.

Moses will auf die Reitbahn. Spazierte gerade mit Robertchen, der war aber faul. In Litauen haben sie heute früh a) ein psych. Krankenhaus gestürmt (Armee!) und die Desertierten zusammengeschlagen, blutig und b) die Grenze für Ausländer gesperrt. Das ist schon fast der Ausnahmezustand. Gorbatschows Glasnost und Perestroika sind das. Und wenn die sich provozieren lassen, passiert sonstwas. Die armen Leute, die sie mitgenommen haben! Die sind so gut wie schon tot.

Sehe Moses auf dem Pferdchen da traben. Fenster geputzt. Vielleicht noch das Küchenfenster? Mal sehen. Erst mal was essen. Darf man nicht gänzlich vergessen. W. sagt, er komponiere. 1 Flötenstückchen.

28. Märzen 1990

Wieder eine Frostnacht. Erst hol ich mal Koffie. Dann müßte man Nachrichten hören wegen der Balten. Koffie habe ich. Loulou kam auch schon herauf. Alle Katzen gefüttert.

Das Ausland weiterhin sehr zurückhaltend in Bezug auf Litauen. Den verhafteten Desertierten wird angeblich Straffreiheit zugesichert, sie müßten ihre Armeezeit aber voll abdienen. Mehr hörte man nicht.

Hauptteil der Nachrichten nur über den eigenen Dreck. Alles nur von der D-Mark. Es ist nicht mehr mit anzuhören. Ich hör ja schon Radio Dänemark. Will mal an Jochen* schreiben, wie es in Australien war. Er müßte retour sein. Mal sehn, ob Kunert* mit Marianne heute hier langkömmt.

Der erste Schulbus fuhr durch. Moses will nachher wieder nach Heide zu einer Spülrunde fahren. Das Boot hat er gestern zu Wasser gebracht. Sich auch nach seiner Fahrschule erkundigt.

29. Märzen 1990

Diesmal kein Frost über Nacht! Ich will ja auch was im Garten bewegen, da soll es nun milder seyn, wie es im Januar, Februar wie im Mai doch schon war. Im März dann wie früher im März – diesz verstört meine Blumen doch sehr. Wieder der erste Schulbus hier vorbei. Ich bin da, hörte das Vogelgezwitscher im Radio schon nach dem Chorale. Betrachtete schon die Aquareller von gestern. Muß aber lieber mit der gleichen Intensität was für meine Zettel mit Worten darauf tun als den Dilettantismus betreiben. Aber er macht mir so große Freude. See you later!

30. Märzen 1990

Sehr früh isses, ich will itzt nach dem Marktflecken hin, eine Fahrkarte holen und zum Glatzenschneider muß ich wohl auch. Seis drum, mittags bin ich retour. Gestern sogar was im Garten getan. In der alten Sonne* von Hermann Hesse. Moses fuhr mit dem Boote weit, ich sah ihn auf der Mitte des Flusses. Der völlig ruhig war.

Im Marktflecken gewesen und wieder retour. Verschleierte Sonne. Nebel kommt mittags schon auf. Nun schmeiße ich meine Sachen schon langsam zusammen. Vorher noch sämtliche Blumen gießen. Weil ich ja nahezu eine Woche weg sein werde. See you later!

Diesz mache ich nun erstmal, da hab ich ja ordentlich zu tun. Alles bedenken. Wer wieviel etc. Dies ist der Waterman-Füller. Ganz gut. Aber meine anderen gefallen mir ja doch besser. Meine entzückenden Zigarren-Füller aus einem Nobelladen in Mainz. Auf zu denen Blumen.

6. April 1990

War ne Woche ja unterwegs, weit im Süden! Hab auch Verena* getroffen, keine Arbeit, sie ist viel zulange raus. Kulturbetrieb ist sowieso überlaufen und es sitzen große Schlaumeier da, mit denen es sich äußerst schlecht auskommen läßt.

Heute aber hat es wieder Nachtfrost gegeben. Kälter als im Januar oder Februar. Alle Narzissen wieder am Boden. Weißer Reif auf den Wiesen. Bin sehr froh, wieder hier im Flachland zu sein und die Blicke schweifen zu lassen. Es ist besser als in denen Städten.

Der Turmfalk fliegt heran. Zwey Krähen haben ihn von der Stromleitung verjagt.

7. April 1990

Muß heute nach Heide zum Glatzenschneider noch hin und morgen nach Mainz. Die machen so eine Stadtschreiber-Endsendung beim ZDF, alle ehemaligen Stadtschreiber müssen wollen können sollen was sagen. Nur zwey Minuten – aber es muß eben gedreht werden – was für ein Aufwand!

Scandinavian Star-Fähre brennt* seit Mitternacht. Eine schwedische. Aber alle gerettet, etwas rauchvergiftet. Vom Schwesternschiff gerettet. Rest noch in Rettungsbooten.

Ich hol mir erstmal Koffie auf den Schreck, daß ich schon gleich wieder weg soll. Mit Fahrt und allem Gewese sind es dann doch 3 Tage. Alles ein Bleedsinn. Hotel diesmal, die Stadtschreiberwohnung ist ja besetzt. In Süddeutschland Regen, in Norddeutschland heiter.

So haben wir es gerne. Ich fuhr dann in den Regen. Aber es macht nix. Hole jetzt Koffie. Heute ist Markt. Kann ich mal gucken, ob es Basilikum gibt. Ist aber sicher zu kalt, gab ja Nachtfrost. Nach großen Kakteen halte ich ebenfalls Ausschau.

Na denn such ich mein Krämchen zusammen. Wann sind bloß mal wieder normale Zeiten? Wo nix los ist?

Es sind absolut nicht alle von der Fähre gerettet! Muß in Wirklichkeit ein Riesenchaos gewesen sein. 75 Tote, aber genausoviel werden noch vermißt. Es waren viele, obgleich das ja verboten ist, in ihren Automobilen, um darin zu schlafen! Die Dänen hatten diese Fährlinie erst neu übernommen und wohl nicht alles in der Hand. Es soll Brandstiftung sein. Der Kapitän hatte sich als Erster gerettet, hieß es vorwurfsvoll in dem Kommentar.

Ein Tief und eine Kaltfront verlagern sich. Heiter bis wolkig. Sonnig aber kühl etc. Was zieh ich da morgen an? Nix gefällt mir außer meinem grauen (anthrazid) Pullover, grauem Mantel, grauer Hose. Na mal sehn, wie morgen mein Farbensinn ist.

Was für Schuhe ziehe ich an? Nix ist bekannt. Schmeiße ja schon wieder meine Sachen zusammen, welche ich mitnehmen muß. Immer so peu a peu, damit es kein Stress wird.

Moses ist in Friedrichstadt mit dem Fahrrad. Gefällt ihm sehr gut, er fuhr wieder mal unter dem Regen hindurch. Dies ist doch hübsch. Er spricht ja auch niemals von schlechtem Wetter. Es gibt für ihn einfach kein solches. Verteidigt es auch immer. Verständlich, daß es ihn dafür belohnt. Fortwährend eigentlich. Man kann sich nur wundern.

Morgens pack ich den Rest. See you wiederum later, Alligator! Koche noch eine entzückende Blumen-, nein!, Spargelcremesuppe.

Das Fährunglück aber ist furchtbar! Als alter Fährschiffhase kann ich mir alles sehr genau vorstellen. Wieder wird gesagt, daß es Brandstiftung wäre. Kommt alles vom Fernsehen. Video-Kriminalität.

8. April 1990

Also ein Reisetag. Vor 45 Jahren gab es den Großangriff auf Halberstadt*. Ich gehe gleich in die Badewanne, daß ich den heutigen Tag gut überstehe, hängt davon auch ab. So wird es gehandhabt. Höre bloß nochmal Nachrichten, wenn es die gibt. Wegen des Fährunglücks, was ein Muster an Schluderei wohl verursacht hat. Die Reederei hat sich mit Schuld wohl sehr beladen. War ein ausgemustertes Schiff mit portugiesischer Mannschaft, keiner verstand den anderen. Die Passagiere schliefen in ihren Autos, was überall noch verboten ist. Schiff war nicht abgenommen. Vorher unter Billigflagge schrottreif gefahren. In Betrieb genommen, um das Ostergeschäft nicht zu verpassen. O Weh. Wird lange verhandelt werden beim Seegericht.

Habe nun Nachrichten gefunden. Sonntags sind sie rar. Ich muß unterwegs Post machen. An die Freunde wenigstens schreiben. Alles bleibt liegen. Es ist ein Kreuz. Demnächst fährt Welfgen wochenlang weg.

158 Tote wahrscheinlich. Rauchvergiftung. Brandstiftung wird weiter vermutet. Chaos. Verständigungsprobleme. Kein Notfall geprobt. Seemannsgewerkschaft hat einen Tag vorher den Boykott noch diskutiert.

DDR will bis Donnerstag Regierung fertig* haben. Wahlen in Peru, hat der Leuchtende Pfad* in der Hand. In diesem Land brennt es jede Nacht irgendwo in den Asylbewerberheimen.

Schneeregenschauer sind angesagt. Wie schön! Kälter als zu Weihnachten. Nun geh ich baden. Ahoi. Mit Musik.

Peter Cornelius*. Dies ist nicht das Gelbe vom Ei. Noch nicht mal Schale. Muß von der Luftblase da sein.

Gebadet bin ich, gänzlich sauber und unschuldig gar, nun schmeiße ich den Rest in die Tasche, von dem, was ich mitnehmen muß. Allerlei, da ich mir den Text ja noch basteln muß, den ich da säusele. So vergeht die Zeit, die mir verbleibt. Das ganze Leben. Eben geboren, morgen schon todt. Dazwischen geschrieben.

11. April 1990

Bin wieder hier, nachdem ich fort war, »fort« war in Mainz. Alles gut überstanden, schnell hinter mich gebracht. Auf Artmann* und Bienek* warteten sie diesen Tag umsonst. Kam niemand an. War sehr lustig, die Aufregung zu sehen. Es wird sie ein Grausen überfallen haben bei dem Gedanken an Mainz.

Gorbatschow droht schon wieder sehr nach Litauen hin. Üble Nachrede ist das, er will es seiner Präsidential-Gewalt unterstellen, wenn Litauen seine Unabhängigkeitserklärung nicht gleich zurücknimmt.

Ich hole mir erstmal Koffie! Seewetterbericht. Hier regnet es, 6° süd, sehr leichter Wind. Aber wie ist es in Mariehamn, möchte ich mal wieder wissen: wie es dem Bobtail da geht, welchen ich kenne: jetzt kömmt es dran, nach Bornholm, Wisby: M. S-SO 3, 3°, 997 HP. Dann noch Hel, Ozeanwetterschiff Lima. Das war es dann stets.

Bei Regen entzückende Farben. Bohnengrün dabei. Zwei grasende Ringeltauben, das Pärchen, welches ich kenne. In Bothel* gab es zwei Türkentauben, welche ich liebte. Vieles war in Bothel doch hübsch, aber man war den Leuten mehr ausgeliefert, es gab mehr davon und wir hatten es noch nicht so gut im Griff, damit umzugehen. Ich muß dringlich Post machen, ersaufe daran. Enorme Gebürge umgeben mich. Dies ist die Wahrheit. Viel Bleedsinn darunter. Aber von Carola* eine sehr schöne Weste, welche sie mir genäht hat. Es wird immer kunstvoller, was sie so macht.

Bis Mittags Post gemacht, unzählige Briefe und billigere Karten versandt, auch um Lesungen ging es, verrückte Kaplane wollten, daß ich ihre neue Pfarrstelle einweihe – wie denn ich, ich bin doch kein Christ, sie meinen, ich sei Franz von Assisi mitunter, aber das bringt auch kein Licht in mein Dunkel unter meinen entzückenden Scheffel – so muß ich passen und der Kaplan versucht es immer noch einmal, bis ich heimtückisch werde und ihm sage, »lat mi tofreeden« und daß er mich langweilt über die Hutschnur, er solle doch zur Hölle enteilen.

Noch »Die Horen« gelesen*, die ich mal ein Jahr lang beziehe, aber ich glaube, das war auch ne Fehlinvestition. Lauter Hugo Dittberner* schreiben da und Rolfrafael Schröer* und so weiter so weiter – das wirft doch kein gutes besseres Licht auf, sagen wir mal, diese »Horen« vielleicht, haha.

Eben kam die Zeitung: 15.50h isses, der Milchtreckerfahrer kommt gewöhnlich um 9.30h retour. Trecker fahren können sie hier immer. Das können selbst schon die kleinen Kinder, bevor sie schulpflichtig werden. Ach, wassn schönes Licht heute durch größere Wolkenlöcher, daß die Koppeln scheckig erscheinen. Vergilbt ganz und gar. Es geht uns sehr gut. Muß nochmal mit Robertchen spazieren auch gehen. Sie fahren heute auch gar keinen Mist, da kann man es wagen.

Silbrige Landschaften ganz in der Ferne, wie Inseln im Dunkeln. Eilige fahrende Wolken bei Windstärke 6, da kommen die schönsten Muster zustande.

Welfgen macht mit seinem Konzert in Litauen den Stress mit, den ich in der DDR auch stets vor Reisen hatte: Bis kurz vorher die ewige Ungewißheit, den Stress ewiger Nachfrage, ob man das Visum kriegt und einen Flug. Es ist eine abgrundtiefe Scheiße! Außerdem will Gorbatschow Litauen am liebsten besetzen! Sehr blöde alles! Wolfgang hat sich einen völlig skurrilen schwarzen Leinenanzug gekauft. Wie für London, nicht etwa Paris. Irre. Knitterig etc.

In den DDR-Theatern und Opern kracht es überall, es wollen aber die aus der 3. oder 4. Reihe die Macht nun ergreifen! Sie wollen etwas spielen, das auch im Westen auf Gastspielen in der Provinz hier gut ankommt und Knete bringt. Arschlöcher sind sie wohl alle.

12. April 1990

Nebel dampft aus der Eider. Wenig über 0°, die Amsel tut ihr Bestes. Gorbatschow droht nun mit Bürgerkrieg und Blutvergießen auf Reden bei seinem Komsomol. Heute solls regnen. Reif auf den Wiesen. Heute und morgen muß ich wahrscheinlich noch Post machen. Komme nicht drumherum. Morgen ist schon Karlfreitag. Naja.

Komponisten hatten schon, nun Verband der bildenden Künstler 2 Tage Kongreß. War wohl auch nur ne Schwatzbude doch. »Eine Schlange, die sich nicht häutet, sie stirbt.«* Sie rätselten umb einen neuen oder alten Namen. Dann doch der alte, ohne »DDR«. Satzungen neuformuliert. Präsidium & Zentralvorstand, welche gigantisch waren, wurden nobel entlastet. Herr Sitte* ist wohl nicht mehr der Kopf? Anscheinend nicht. Man spricht nicht von ihm.

Jetzt sollen wir etwas Grünes uns kochen, weil Gründonnerstag ist. Wegen der Eselsohren* – aber eigentlich hätten wir gern welche. Wäre entzückend berückend. Geronimo fände das sicher auch. Robert ebenso. Alle.

13. April 1990

Karlfreitag also, wie gesagt. Kein Hauch in den Lüften. Todtenstille. Wie es sich gehört? Ach. Und dichter Nebel schwebt über den Wassern. Mariehamn ja auch, und 3°. Hier sind immerhin 8°. Heute gibt es die Passionen im Radio und überhaupt schöne Musik.

Bin kurz nach 6 hier oben angekommen. Die Katzen sind schon gefüttert, wenn sie nicht gerade mausen. Morgen soll Welfgen sein Visum für Moskau und Vilnius kriegen, mal sehn, ob es stimmt. Riesentheater.

Sehr glücklich an diesem Karlfreitag! Es regnet auf die Dachfenster, ich sitze im Malzimmer darunter und mache 10 gegenstandslose Akwareller, während ich die Matthäuspassion noch höre. Wunderbar. Alle besuchen mich mal, Moses, Loulou und Wölfchen. Dann die zweite feinere Arbeitsstufe, mit feinsten Pinseln am Schluß, solche, die nur aus 2 sehr zarten Haaren bestehen. Dann wird wieder alles unter meinem antiken sehr schweren Bügeleisen gepreßt. Bis zum anderen Morgen. Da eile ich gleich hin, wenn ich aufgestanden bin. Weiß ich sofort, wenn ich aufwache, daß ich im Malzimmer was unterm Bügeleisen da habe. Morgen müssen wir ein bißchen sauber machen, übermorgen kommt Lisa zu Ostern und zu meinem Geburtstag in einem. Nicht ihretwegen, sie sieht es ja nicht, unseretwegen. Darnach setzt sich Welfgen bald ab für ein paar Wochen. Kassel, Vilnius, Munich. Müssen wir uns allein durchschlagen. Moses will auch nochmal 2 Tage nach Köln, wo es ein Rollenspieltreffen gibt. Übernachtung in der Jugendherberge. Na fein. Eine ist jedenfalls hier bei denen Thieren. Moses muß einmal über ne Woche den Laden alleine schmeißen. Kann er gut.

14. April 1990

Die Aquarelle sind gut geworden, habe sie lange betrachtet und eingeschätzt. Es regnet wiederum und weiterhin, die Autobahnen sind dennoch verstopft. Findet wohl ein großer Ost- West- Austausch über Ostern wohl statt. Sie stecken in 30 km langen Staus. Ich hole mir Koffie.

Heute hat Loulou mal keine Maus uns vors Bett gelegt. Die letzten Nächte tat sie dies. Riesige fette Rötelmäuse, hübsche Pelzchen. Peter hatte eine. Vor der Tür auf dem Abtreter lagen Reste. Wir haben noch etwas Hausputz gemacht. Überall mal durch. Sehr gut, dann kann ich ab übermorgen wieder wunderbar arbeiten. Morgen kommt aber erstmal Lisa zwecks kombinierter Oster-//und Geburtstagsfeier, wie ich es öfter schon hatte. Es gibt auch solche Photos, als ich etwa 3 oder 4 war, wo beides auf einen Tag wohl auch fiel. Mal nachsehn. Ja, drei war ich, ganz einfach, drei Lichter brennen. Also 1938. War ja noch Frieden, aber die Nazi-Zeit stank wohl schon. Zwei Jahre wohnten wir schon in Halberstadt. Vorher Limlingerode und Meyn bei Naumburg oder so ähnlich. In Pfarrhäusern war das. In H. war es meines Großvaters Beckers Haus. Hinterhaus. War alles mal ein Ausspann, die Pferde zu wexeln, da es vor der Stadtmauer lag. Sehr altes Haus. Ich erinnere mich noch an die Kassettentüren mit den Metallkästen unter den Klinken, worin das Schloss stak, ein großer Mechanismus. Auf der inneren Türseite war das stets. Die Schlüssel waren auch riesige Dinger. Hätte in kleine Handtaschen niemals gepaßt. Man schleppte ihn aber nicht herum. Schloß kaum ab. Und wenn doch, dann hängte man ihn unter die Treppe an einen Nagel.

15. April 1990

Ostersonntag fürwahr. Mittags kommt Lisa herbeigeeilt. Das Wetter ist bisher sehr hübsch. Und das Land sieht fettgrün aus. Seit gestern nachmittag, als unser Mäher kaputt ging. Wächst zusehends. Ich hab allen schöne Blechkistlein geschenkt, englische bemalte. W. hat z.B. Schweine darauf. Eine Familie. Die Sau hat gerade ein Ferkel geboren, was sie im Steckkissen trägt. Der Eber bringt Blumen. Moses hat ein Katzenhaus. Hausformige bemalte Blechschachtel. Katzen gucken aus den Fenstern. Das Dach kann man abnehmen.

Lisa kriegt ein Riesenblechei mit einem rabbit drauf. Zum Arbeiten kommt man heute wohl nicht. Dafür habe ich morgen zu meinem Geburtstag dann Ruhe. Der Gipfel aber war gestern abend noch: Helga H., eine Schulgefährtin, die ich anscheinend bisher zu gut behandelt habe, rief an, ob Bekannte von ihr, die mit den Rädern nach Dänemark wollen, bei uns im Garten zelten dann können ... Ich muß sehr aufpassen, sonst ist der Garten voll. Der Fremdenverkehrsverein plante Ähnliches, mit den Reisekorrespondenten wollten sie u.a. hier einfallen. »Auf den Spuren der Literatur an der Westküste« oder so ähnlich. Schreiben erst schleimige Briefe. Grauenhaft. Da bin ich aber grausam und jage sie gänzlich zum Teufel. Manche zittern schon deutlich vor mir. Daran muß man weiterarbeiten. Tue ich gern.

16. April 1990

Das berühmte Aprilwetter natürlich. Dazu schöne depressive Passionsmusik – was will man mehr? Nix. Allet paletti. Hoffentlich läßt man mich gründlich in Frieden. Keine Telefonate zwecks Gratulation. Ich will diesz alles nicht. Ehrlich nicht.

Es ging und hielt sich in Grenzen. Ich konnte Aquareller machen. Nur ein paar Anrufe. Aber die Ivasken* riefen aus Oklahoma auch an! Ich hatte ihnen gerade geschrieben!

17. April 1990

Regen, Hagel und Kälte wie gestern. Habe meine Post gleich abgetragen. Aber dann kömmt neuer Schwachsinn. Denn es ist nicht alles interessant, was da so hereinweht. Viel Bleedsinn darmang. Den man dennoch beantworten muß. Was ist denn das für ne beknackte grellblaue Tinte? Gefällt mir nicht sehr. Gar nicht sehr. Muß die Füller verwexeln. Aber eigentlich will ich auch noch was tun an dieser Schreibmaschine. Das Winzlingsprosastückchen »Schwingrasen«*, was auch ne feine Überschrift ist. Muß ja unbedingt die Prosadinger vorantreiben! Darf nicht nur Aquareller machen! Ich bin Schriftstellerin, nicht Malerin, diesz sollte ich mir mal hinter die Ohren schreiben! Ich wär wohl fast lieber Malerin? Nee, Ausstellungen beschicken wär nicht mein Fall. Auch sind die schönen Bilder so hinfällig. Ein Buch in ner anständigen Auflage verbreitet kommt mir haltbarer vor. Wenn Farben natürlich sehr faszinierend sind. Dann möchte ich aber Caspar David Friedrich doch sein und solche Nebel und bizarren Gestalten wie die am Rügener Kreidefelsen gemalt doch haben. Oder das sehr kleine Seestück (dunkelblau), was ich in Karlsruhe ja sah. Hab eine Reproduktion davon im Spitzen Zimmer. See you later.

Gorbatschow dreht wirklich heute das Erdöl noch klein, was nach Litauen geht! Das ist Unterdrückung sondergleichen. Ich will ihn verfluchen, aber sofort. Was bildet sich dieser Unmensch bloß ein! Seine Zeit ist auch längst vermessen. Es ist stets ein knapper Spielraum vom Vorreiter zum Reaktionär – das geht alles wie im Fluge. Gestern noch auf stolzen Rossen etc. In Gorleben* gab es Zoff.

Wetter: wechselhaft, Regen, Graupel, Gewitter auch möglich. Bodenfrost möglich. SW 4–5, Schauerböen. Na, das ist noch kein Frühjahr hier am Rande des Landes. Brauche was zu trinken.

18. April 1990

Wir müssen alle nach Heide, jeder braucht ne andere Fahrkarte. Glatzenschneider ist auch angesagt. Und einige andere. Hoffe, daß wir mittags retour sind. Möchte was tun.

Sehr fleißige Amsel draußen in einer Pappel. Habe schon Koffie. Wecke bald Moses und Welfgen. Besuchen Lisa auch kurz. Sie freut sich dann sehr. Morgen fährt Welfgen dann weck und wir haben bis Mitte Mai keinen Schofför, diesz wird ja hart. Er fährt erst nach Kassel, dann versucht er sich nach Vilnius durchzuschlagen, dann ist er in München bei denen diversen Opern. Ich fahre auch noch kurz hin von Hagen aus. Bin tagelang unterwegs. Aber es ist nur zu hoffen, daß Welfgen selber pünktlich zu seiner Premiere zurück aus Litauen ist. Da klappt nicht immer alles. Na wir werden sehen. Sonst muß ich allein in die Oper.

10.30h waren wir wieder retour. Sehr gut. Auch noch bei Lisa gewesen. Die freute sich und in ihrem kleinen Zimmer war es ganz voll. Kriegten alle Apfelsaft. Jetzt erholen wir uns aber kräftig. Ich muß mir von Wölfchen meine Fahrkarte noch geben lassen, sonst nimmt er sie mit nach Kassel oder Litauen gar. Haben auch noch Briefmarken in Massen gekauft. W. kömmt, wenn überhaupt, sage ich mal scherzhafterweise, erst am 20. Mai wieder retour. Dies ist ne ganze Weile. Dann werden auch gleich die Schafe geschoren etc. Und der Sommer ist endgültig da. Jetzt kann ich noch etwas tun. Nachher gehe ich aber etwas in die Sonne, in den Garten. Wird ja nicht gleich Hautkrebs vom Ozonloche kriegen. Ist alles zweifelhaft doch geworden, diesz Leben hier auf dem Planeten. Schön immer noch.

In der Sonne gewesen. Wunderbar. Moses mähte. Die Katzen begannen, Frösche zu jagen. Moorfrösche, sehr hübsche Tiere. Braun, die Männchen im hellblauen Hochzeitskleide. O, wie schön es im Garten ist. Löwenzahn blüht volle Pulle. Es sind großartige Pflanzen. Wenn sie auch alles zu verdrängen suchen. Hagen rief schon an, es ist alles paletti. Ich schlafe nur in Hagen und Verl. Soest, Hattingen und

Menden pendele ich. Mal sehen, ob ich Verl finde. In meinem oder Moses' Atlas.

19. April 1990

Es brach ein grauer diesiger Morgen an. Ich bin auf dem Plan. W. muß 7.30h hier weg. Dann tritt Ruhe ein. Ein Gewusel, als ginge es zur Fußerwanderung durch die Antarktis. Ich koch Koffie und geh ihn gleich wecken, mehr kann ich dazu nicht tun, da siehe du zu! SU hat Öllieferungen an Litauen eingestellt. Gestern noch Dementis. Nun ist es gänzlich aus damit. So haben sie also faktisch die Unabhängigkeit anerkannt! Mal sehen, ob Norwegen nun liefert. Die Amerikaner sind »zurückhaltend«. Vatikan will vermitteln. Daß es zu Verhandlungen kommt, was die Litauer ja wollen. Eine Kraftprobe allüberall. Nun haben die Litauer einen kalten Arsch, sind aber fast frei. Sie müssen weiterhin cool bleiben und sanft. Diesz ist die einzige Möglichkeit. Sie können es schaffen.

Aber ob sie Welfgen von Moskau nach Litauen lassen – es steht in den Sternen. Ob Flugzeuge gehen, wo es kein Erdöl giebt, weiß der Kuckuck. Und den können wir derzeit nicht fragen. Ist noch nicht da. Wird spannend. So, nun ist er fort, nachdem er zweimal noch zurückkam. Nervös genug ist er jedenfalls. Dies bestimmt.

Ein wunderbar melancholisches Wetter herrscht heute! Kein Lufthauch und alles sehr trübe und diesig. Diesz gefällt mir doch sehr!

Moskau stoppt nun auch das Erdgas. Diesz ist ne enorme Unterdrückung. Grauenhaft. Schande über den Usurpator! Hortens gesamtes Sortiment – es ist abgebrannt. Armer Konzern!

Zunehmende östliche Winde. Langsame Erwärmung ist angesagt. Wollen es glauben. Hier kömmt die Sonne grad vor. Sehr gut.

20. April 1990

Sie kam nur für ne halbe Stunde hervor, danach verzog sie sich gleich und es setzte ein Landregen ein. Zwischendurch ein Gewitter. Wie es heute wird, weiß man noch nit. Jedenfalls will Moses sich nach Föhr durchschlagen, wo die Brodersenschen Jungs sich befinden. Mit dem Rad nach Dörpling, weil noch kein Schulbus fährt, dann mit dem Bus bis Heide, dann mit dem Zug bis Dagebüll, dann die Fähre und auf der Insel dann wieder ein Bus. Mittags ist er da. Hoffentlich wird er nicht gleich am Anfang gewaschen. Nein.

Er ist losgefahren mit seinem kleinen Rucksack. Den grünen Weg. 5.50 h isses.

7.20 h isses. Gleich geh ich mit Robertchen spazieren. Gefüttert ist er, die Katzen sind draußen. Darnach dann die Schafe und Geronimöchen. Es ist so trübe wie gestern auch.

Ringeltauben poltern durch die noch fast kahlen Pappeln. Mit Moses telefoniert, welcher in Niebüll ne Pause noch hatte. Da mußte er umsteigen. Freute sich. Holte sich ein Fischbrötchen. Klappte alles sehr gut.

Moskau rief auch hier an, wegen Wölfchens Dolmetscher auch. Wo der wann steht. Wollen wir hoffen, daß er mich nochmal anruft, daß ich ihm das mitteilen kann. Er hatte selbiges eigentlich vor. Tu es, Alter!

Ein grauer diesiger aber wärmlicher Tag, darin die grauweißen Knospen des großen ehrwürdigen Birnbaums am hinteren Ende des Gartens. Sehr schön in den Farben. Bienen aber streiken. Es sind ja zu wenig Wärmegrade. Ab 14 fliegen sie erst. Es gibt dann mal sehr wenig Obst, würde ich sagen. Bloß Hummeln sind unterwegs an meinem Zymbelkraut hier an der Süderwand.

So, nun geh ich an meine Prosastückchen. Immer noch »Schwingrasen«. Bestimmt schon 5mal abgeschrieben. Muß ich so tun. Es wird immer kürzer natürlich. Von der Trilogie zum Zweizeiler stets.

Habe aber auch noch ein zweites Stückchen vorangetrieben. Saß schön am Fenster und sah über die Schreibmaschine ins Grüne. Starker Nordostwind, etwas Seltenes aus dieser Richtung.

Nun sammele ich meine Katzen ein. Sie mögen den Sturm nicht. Dies tue ich itzt. Haben schön zusammen im Klassenzimmer gefressen, geschlafen. Sturm macht müde! Robertchen kommt als nächster dann rein. Sturm läßt nach. Der Windsack mußte eingezogen werden. Der Esel kriegt nochmal ein Quentchen Heu. Dann hab ich bald Ruhe. See you later, James Green Alligator!

21. April 1990

Saturday isses. Sehr früh. Ich bin ja ganz allein mit denen Thieren. Gestern abend noch mit Welfgen telefoniert. Oper wird ganz schön, wenn der eine Tenor auch nicht so gut ist. Menschenwerk eben. Die Kinder vom Chore mit ihren Steinchen sind dafür super. Gestrichen hatten sie ihm auch was. Und der Dirigente weiß nit so gut Bescheid. Wird aber noch werden.

Heute fährt er also nach Frankfurt, dann fliegt er nach Moskau, darnach nach Litauen, wenn sie ihn lassen. Dort sperren sie nun die Lebensmittelzufuhr.

Kein Essig und Öl. Wieder Gebäudebesetzungen durch die Armee. Mit Gerangel und Verletzten. Ich hol mir erstmal Koffie aus der Maschine. Hab allen für mich. Viel. Niemand da. Robert trinkt keinen. Loulou auch nicht. Mit Robert spaziert, bis zum Reiherbaum. Hinter uns braute sich ein Unwetter zusammen. Im Eiltempo retour, dem Esel noch 1 Ballen Heu reingetragen, dann peitschte es los, eine Verfinsterung sondergleichen. Bis wir gänzlich im Hause waren, waren wir naß. Zu den Schafen gehen wir später. Hab sie gestern ja umgetrieben, sie haben so etwas wie frisches Gras, so könnte man sagen. Bei den Booten.

22. April 1990

Moses wieder retour vom Insel-Ausflug. War sehr schön. Die Jungs waren allein dort, ohne ihre werthen Eltern, so war es doppelt und dreyfach besonders. Ob Welfgen nun nach Vilnius kömmt? Gestern wurden nicht alle Flugzeuge hingelassen, hörte ich. Eine spannende Angelegenheit. Ich hole mir Koffie. Aquareller von gestern betrachtet. Sind nur 2 gut. Aber das ist doch was! Die Formate sind nun DIN A4 etwa. Und bei Briefmarkengröße habe ich angefangen. So eine Fläche kaum bewältigen können. Viel größer kann ich nicht werden, das Malzimmer läßt es nicht zu.

Hole mir Koffie herauf! War ein entzückender Sonnentag. Nur wenig Wind. Ab Mittag knallwarm. Unsere Tiere versorgt, was getan, dann noch Aquareller. Ein Segelboot rollte durch die Wiesen, segelte wirklich, es sah wunderschön aus! Die Fasanenhennen getroffen. Mit Robertchen schön spaziert. Einmal alle 3: Moses, Robert und ich. Esel wurde gestriegelt. Hängematte. Cleo draußen. Sehr glücklich war sie. Konnte man sehen.

Schon abgewaschen, Moses Milch geholt etc. War ein sehr sehr schöner Tag. Ich ging durch ihn in der Sonne. Hörte noch Briefe & Tagebücher von Paula Modersohn-Becker, ach da bin ich immer traurig über ihr knappes Leben. Und daß diese Maler da in Worpswede alle nicht bemerkt haben, wen sie da unter sich hatten. Oder nicht wollten. Und sie wußte, daß sie nun stirbt.

23. April 1990

Nebel erst mal wieder. In den anderen Landesteilen soll es auch regnen, aber hier soll es wunderbar wieder werden. Das wäre excellent, gestern war es wirklich außerordentlich schön. Morgen muß ich fort von hier. Wird ein langer Tag. Aber gleich eine Lesung weg. Abends in Soest den Analphabeten was vorlesen. Naja. Sehr gutes Wasser für alle Katzen und Hunde verteilen, auch für die Blumen, eh daß ich fort bin. Eitel Sonnenschein hier. Einige Pflichten noch, bevor daß ich weck muß.

Moses mäht. Nicht, daß er muht, er mäht. Noch meine letzten Aquareller im 2. Arbeitsgange versorgt. Das Wetter verdunkelt sich nun. Spazierte noch schnell mit Robert. Eine Kette Gänse flog über uns weck. Packe meine Sachen gar schon. Morgen mit dem ersten Schulbus gleich weck, das ist um sechs Uhr. Da kann ich nicht erst alles zusammenpacken, da schlaf ich noch halb, könnte es sein. Besser jetzt.

Büchermarkt. Mal sehn, ob sie was Vernünftiges senden. Debütanten auf dem Gebiete der Prosa. Einer hat 60 Illustriertenromane geschrieben. Herr Biller ist ein Journalist. »Wenn ich einmal reich und tot bin.« Maxim Biller. Erzählungen. Erzählungen über Juden in der Bundesrepublik. Ein Erstlingsband. Sie loben ihn über den grünen Klee. Saul Bellow als Vergleich nun sogar. Diesz ist allerhand. Scheint, der Probe nach, jedenfalls nach dem Muster vom »Herzog«* z.B. gestrickt zu sein. Also, mir gefällt diesz nicht so besonders. Aber aus Pröbchen kann man nix sagen. Der andere Debütant heißt Norbert Eberlein. Er hat die Groschenromane vorher geschrieben,

»Liebesromane« etc. Leid, Kater und Leidenschaft, 7 Tage lang. Tagträume des Helden. Muß was Dämliches sein. Eingängige Szenelokale werden beschrieben. »Seidenmatt« heißt der Roman übrigens. Er ist noch stolz auf seine 60 Liebesromane. Damit hat er den letzten wohl finanziert. Er gibt damit an. Dabei hätte er schreiben gelernt. Na gucke. Er schreibt seine Dinger z.B. für eine große Fernseh-Zeitung. Wo er viele Millionen Leser erreicht. Haffmanns Verlag immerhin.

Jeder 5. DDR-Betrieb ohne Chance! So ist die Lage. Umschulungsmaßnahmen für diese die einzige sinnvolle Maßnahme. Moses hat heute noch Fahrschule. Na sowas. Muß er mit dem Fahrrad nach Pahlen. Keine andere Möglichkeit. Geht aber bei ordentlichem Wetter durchaus. Er macht sich erstmal Tintenfischringe. Es gelang ihm, den Esel zu behandeln, der ne Räudemilben-Stelle doch hat. Mußte eingesprüht werden. Aber das will Geronimo meist nicht. Muß überlistet werden.

Kultur heute. Gewinneinbrüche bei Mercedes. Spekulationen wären das. Würde gar nicht den Tatsachen entsprechen. Wer weiß das. Nobody. Nachher gehe ich ins Wasser. Badewasser. Englisch Lavendel hinein. Meine Sachen sind sämtlich gepackt. Also Kultur heute. Nix Vernünftiges. Generaldirektor Schmidt* für alle Dresdner Sammlungen, Theater etc. Diesz brauche ich alles nicht zu verfolgen.

24. April 1990

Der Reisetag also. Vom Wetter sieht man noch nix. 5.00 h isses gerade. Gleich hol ich mir Koffie, ist ja wohl fertich. Habe die Katzen gefüttert. Robert hatte 3 Hundekekse. Allet paletti.

Eine Woche bin ich unterwegs. Und Moses die ganze Zeit mit der kleinen Farm hier beschäftigt. Und Fahrschule und Reiten. Die Kühltruhe hat er voll, da kann ihm nix passieren. Ich bin froh, wenn ich wieder hier bin. Dann wird es diesmal auch hier etwas grüner wohl sein. Die Birken bekommen gerade Blätter, Linden und Kastanien noch kahl – Gingko, Platanen, Robinien genauso natürlich. Die Silberpappel bekommt gerade Blätter. Bei den Heckenrosen und der Trauerweide sind sie schon einmal erfroren. Glyzinie genauso. Aber sie schaffen es nochmal, darf natürlich nicht noch 5 mal so gehen. Wird es auch nicht. Noch 14 Tage, dann sind fast die Eisheiligen vorbei.

Hole mir erneut Koffie. Hab nur die kleine Tasse mit den Wildenten darauf. Hab ich geholt. Die Amsel singt schon eine ganze Weile. Sie sitzt entweder auf der Esche am Grabenrand zu Holtorfs rüber oder hier in der großen Weide am Strohschuppen vor meinem Fenster. Loulou sucht sich hier oben in meinem Zimmer einen Platz. Da merkt sie erst heute abend, daß ich nicht da bin. Moses wird ein bißchen fern mit ihr sehen.

In den Nachrichten geht es nur noch um den Geldumtausch. Wochenlang nun. 1:1 oder dies bis zu 4.000,- DM Sparguthaben. Es soll aber ne höhere Mindestrente geben, das ist wenigstens was. Nun steht Birne* ganz gut da, hat Lafontaine* (»Wahlbetrug«) überholt. Für die Menscher ist es wohl beruhigend, hauen sie vielleicht nicht mehr ab. Hat nämlich wieder zugenommen. Die Betriebe machen sowieso nur minus und haben keine Zukunft.

So, nun schließe ich meine Tasche ab. Diesmal doch die große schwarze. Obgleich ich bloß 2 Pullover mithabe, war es notwendig. Noch 1 Paar Schuhe etc. Muß sein, wenn die Wärme dann kömmt. Ich will ja auch in die Oper. See you later James Green Alligator. Wann treffe ich Dich endlich?

Es wird langsam hell. Es ist noch diesig. Hier wird es wohl wieder prächtig. Wo ich hinfahre nicht. Da mag es regnen. Ich fahr in die Diaspora ja. Schon wieder bis nach München – grauenvoll ist es. So, nun geht es los. Die Seite kriege ich nicht mehr voll.

1. Mai 1990

Retour! Und die lieben Kühe sind z.T. schon draußen, die Schwalben schießen unter dem Hausdach herum, es ist alles wunderbar! Packe aus und sortiere mich. Moritz ruderte gestern in der Walpurgisnacht noch herum unter einem Halbmond der wunderlich war. In der Sonne gesessen und gelesen. Auch, was Serke* über Thomas Nicolaou* geschrieben hat. In Wirklichkeit ist es noch komplizierter, als es sich ihm darstellt. Wohl dem, der nicht erpreßbar gewesen ist. Thomas kann es am Anfang gewesen sein, als die Obristen in Griechenland noch herrschten. Na hoffentlich übersteht Carola das alles ohne Streß oder Schlimmeres.

Wunderbar, auf dem lieben freien Lande zu sein. Was will ich mehr? Nix. In Moskau im Anschluß an die Kundgebung eine gegen Gorbatschow. Man buhte ihn anhaltend aus! Litauische Fahnen. Später muß ich etwas gießen. Sprengen oder so ähnlich. O wie schön die Sonne doch scheint. Abends kam Welfgen. So wie ich gestern. Er muß zwar am Samstag ab nach Kassel, dennoch lohnt es sich. Sagte Robert dann auch. Gibt jetzt ne gute Kritik in der Süddeutschen auch.

2. Mai 1990

Begeisternder Maimorgen! Kühe im Kriechnebel drin. Die japanischen Kirschen fangen zu blühen an. Büchermarkt. Undine Gruenter und Petra Barthel.

Letztere 51 geboren, Schauspielerin. Erst DDR, nun Bundesrepublik. Wechselte nicht nur die Staaten, auch den Beruf. Novelle »Das 12. Kleid über dem 13.« Leseprobe. Unheimlich beknackt und an der Telefonschnur herbeigezogen. Es stimmt hinten und vorn nicht. Ausgedachte Fatalitäten. Schauspielerbleedsinn. Die Erzählungen von Undine Gruenter: »Nachtblind«. 9 Erzählungen. Es spielt alles fast in Paris. Debütierte 86 mit einem Roman. Daran die Erzählungen messen: Der Rezensent stellt Resignation fest. Kein Vergleich! Da war alles wild und geheimnisvoll noch. Das Beunruhigende ist gänzlich verschwunden. Wer weiß da Bescheid? Ich nicht. Morgen Helga Königsdorf.

Währungsunion steht nun fest. Differenziertes Vorgehen bei Sparbeträgen etc. Das Wetter: sonnig und warm. Bravissimo. Ich geh die Schafe zählen. Kind ist in Heide bei einer Spielrunde nun. Schafe sollen morgen unter Frau Martens Apfelbäume. Müssen wir einen provisorischen Zaun ziehen. Haben wir noch Pfähle? 1 oder 2. Aber bei Frau Martens findet sich wohl auch noch was. Gut. Muß der Esel auf die Hauswiese am besten. Sonst macht er einen Grenzdurchbruch. Der rammelt den Zaun einfach nieder. Um die Schafe liebevoll dann zu beißen.

3. Mai 1990

Ein zauberhafter Tag! Mit Moses Fotos betrachtet, mit Robert spaziert. Die Jungs müssen Schafszäune ziehen. Machen sie auch. Provisorische, um die Apfelbäume. Damit Frau Martens nicht mähen muß, kommen die Schafe kurzweilig hin. Nicht auf Dauer, da würden sie die Bäume entrinden. Die Lüfte sind voller Insekten. Nach dem warmen Winter die dreyfache Menge. Man muß aufpassen daß man sie nicht fortwährend einatmet. Die Kühe verschönern die Landschaft doch sehr und die Schwalben. Der Sommer fängt doch so an! Jetzt ist es am schönsten, die Nächte, die immer kürzer werden, das lange rostrote Abendrot, das frühe rostrote Morgenroth. Diesz macht mich verrückt, diesz ist das Schönste. Wurde direkt heiß. Die Jungs gingen in die Eider, Moses mehrfach. Ich machte am Nachmittag ein paar Aquareller. Diesz muß ich, da bin ich erst richtig angekommen in T. Ich muß sie mal wieder durchsortieren. W. ist nach Tellingstedt einkaufen. Unter anderem auch Entfärber, ich habe mein bestes teuerstes neuestes weißes Hemd mit Hilfe eines T-Shirts rosa gemacht. Wien altmodischen Damenschlüpfer. Sieht wahnsinnig aus!

Nun wissen sie, wie das DDR-Geld umgetauscht wird. Und die Menscher vertauschen das Geld von ihren Konten, die Sparkassenmiezen müssen auch nicht mehr wissen was rechts oder links ist und oben und unten.

Das kräftige Hoch geht weiter! 25°C heute. Wonderful. In Spanien ist es kühler als hier, 21°C nur. Moskau 14°C only. Leichtbewölkt überall, aber bei uns nicht ein bißchen. Büchermarkt. Helga Königsdorf: Ungelegener Befund. Es geht immer um Naturwissenschaftler und Verantwortung. Hört sich alles sehr ausgedacht an. Nun auch noch Homosexualität mit dabei. Gegen Verdrängungsmechanismen soll alles dann gehen. In Briefform geschrieben. Diesz ist ja ganz interessant. Faschistische Briefe. Alles konstruiert was sie da murmeln. Was soll das werden! Frau Königsdorf ist ne etwas verkitschte Mutter würde ich meinen. Eine Mathematikerin eben. Schluchz heul grein. Schwamm drüber. Weiter.

Herr *** zu gesamtdeutscher Literatur. Ein junger Autor. Quak quak kickeriki. Good morning. Ein kluges Bürschchen, nein wirklich. Woher der Junge das alles hat. Klugscheißerchen, diesz ist er gewiß. Ein Blödmännchen sondergleichen, weshalb senden sie das? Warum denn nicht, es wird doch stets hübsch mit Wasser gekocht. Eine Plattheit folgt auf die andere. Hochstapelnd. Voraussagen was aus der Literatur wird, wenn alles gesamtdeutsch dann ist. Ein Blödmann! Der Junge tickt etwas seltsam. Quark.

4. Mayen 1990

Mariehamn: N2, 7°, 1028 HP. Diesz wird wieder so ein schöner Tag. Nun bräuchte man bald schon mal Regen. Die Milchkühe waren die 1. Nacht draußen und hatten viel zu erzählen und rufen. Den anderen alle Ereignisse über die Gräben zu tragen.

»Die alte Rosa ist beim Kalben gestorben.« »Das hatte man sich aber denken können!« »Wallenstein ist verkauft, aber er soll noch am Leben sein.« »Vielleicht hören wir etwas von ihm.« »Wie geht es der Schwester in Hohenlieth?« »Prächtig prächtig, sie hat so einen verrückten Bauern, darf ihre Tochter selbst säugen.« »Unglaublich. Es ist doch viel gesünder, sie kriegen die Pampe.« »Man ist da jetzt anderer Meinung.« »Die Bauern sind sparsame Leute, was sonst.«

So etwa hörte ich sie bis an den Horizont rufen. War einmal über Nacht mit Robert draußen, der gestern abend nicht aufzuwecken war und nun piepte. Habe mit ihm am Misthaufen gepinkelt. Heute gibt es keine Post, Warnstreiks etc. War gestern schon spärlich.

David Drew* aus London rief übrigens nochmal an und sagte, Welfgens Oper sei das Beste, was seit 45 weit und breit so geschrieben wurde. Es wäre wirklich sehr wunderbar. Er sagte es mir. Sehr gut, daß der Verlag so überzeugt ist, weil der Compositeur doch weniger liefert und es auch nicht mit so viel

Brimborium unterbringt. Wie Riehm* z.B., der die Verbindungen sehr pflegt. Das kostet aber auch Zeit, die dann zum Komponieren nicht da ist. Manche sind aber nur zu Lebzeiten vorhanden und müssen dementsprechend da trommeln. Sie sind nicht gelassen.

5. Mayen 1990

Sonnig und warm. Im Augenblick aber noch Nebel. W. heute nach Kassel, wo seine Oper nochmal gegeben wird. Hoffentlich ganz.

Moses nach Heide, ein Kursus über Erste Hilfe, was er für die Fahrschule braucht. Lutz* rief an, in der Frankfurter Rundschau ne enthusiastische Besprechung der Oper. Hoffentlich isses auch so, daß es Lutz nicht bloß so vorkömmt. Daß er denkt, für die Thymiane da aufm Dorf ist das dochn Lob. Werden die gut doch bedient! Wir werden es sehen. Wölfchen sicher heute in Kassel schon!

Ist ein Sommertag sondergleichen today! Jetzt haben die Linden winzige Blätter! Die Eschen grünen vor den Eichen! Wird es ein heißer Sommer nach widersprüchlicher Bauernregel! Brachvögel fliegen vor meiner Nase ums Haus.

6. Mayen 1990

Gestern hatten wir übrigens ein Tielenhemmer Jubiläum: 7 Jahre sind wir nun hier. Mir ist es stets, als hätte ich hier immer gesessen. Stimmt auch in gewissem Sinne. Schrieb ja Anfang der 60er Jahre schon die Gedichte über die Moore, das Meer. Spukte mir alles schon lange im Kopp rum. Sonntag ist heute, da kriechen die Touristen hier rum (3,5 Stück!), die Linden schirmen uns doch nicht genügend ab. Bald sieht man uns nicht mehr. Es ist wichtig.

7. Mayen 1990

Noch warm und fein, doch das Gestirn verschleiert sich ein wenig. Von der Landseite her sollen auch Wolken aufkommen. Warte auf die Zeitung, daß ich frühstücken kann. Ist aber schon 10.30 h, wo bleibt er denn wieder? Wollen aber nachsichtig seyn.

Nun ist die Irmtraud* gestorben – was soll man dazu sagen? Sie wohnte im Stasi-Viertel noch von Berlin. Sie wollte sich mal mit mir versöhnen, als sie vor 3 oder 4 Jahren in Hamburg war, aber ich war dazu nicht imstande. So isses eben gewesen. Letztendlich war sie ne Bonzin. Ihr Sohn David – was der alles erlebt hat – wie der wohl die Welt sieht!

Würde ich gerne wissen. Spiegel verriß die Biennale und besonders Welfgens Stück. In typischer Spiegel-Manier. Überheblich und dumm.

8. Mai 1990

5.30h bin ich in der Schreibstube drin, Loulou hatte mich geweckt. Tiefster Nebel und die hustenden Kühe darin. Der Koffie ist schon am Entstehen. Ich kann mir die Aquareller von vorgestern//gestern ansehen. Der 2. Malgang war gestern. Der Nebel aber ist so fett, daß ich den grünen Weg nicht erblicke. Die Aquareller sind gut. Nun mache ich 3 Briewe. Dann 1 Stückchen Text überholen. Dann 1 Stück neu machen. Danach die 2 Regenfässer auskippen, ausschrubben. Darnach studieren. Sonnen. Wäsche aufhängen. Trocknen. Post giebt es nicht viel, sie streiken an mehreren Stellen. So wird alles gemacht. Die Sonne war um 11h voll da. Gut!

9. Mayen 1990

Wieder nach Heide mal hin. Glatzenschneider und Fahrkarten wieder. Liegt alles noch in den Nebel gequirlt da. Die Kühe quäken ein bißchen und ziehen sich an die Straße, in einer halben Stunde werden sie zum Melken abgeholt. Außerdem höre ich Finkenschlag und Amselgetöse. Sehr schön! Die Spinnen hängen noch in ihren Netzen vor meinem Fenster. Mit meinem Licht kann ich sie gut unterstützen. Aber es wird auch schon hell. Die Kühe haben sich nochmal niedergelassen. See you later later later. Avanti!

War Mittag schon wieder retour, in ziehmlicher Hitze. Jetzt aber stehen wir anscheinend kurz vor einem Gewitter. Wind kam schon auf und eine enorme Schwärze hängt da im Norden. O und Moses muß von Dörpling mit dem Rad noch hierher! Na vielleicht hat er wieder Glück (weil er NIE von schlechtem Wetter spricht, kommt er fast immer trocken durch). Gab 1 schönen Gewitterguß. Riesige Tropfen. Was aber ist morgen fürn Wetter, was zieh ich an, wenn ich 3 Tage weg muß? Ich will ja nicht 3erlei mitnehmen. Im Gegentheil. Hab schon alle Blumen im Haus kräftig gegossen.

10. Mayen 1990

Stecken 5.26h wieder im fetten Nebel mit hüstelnden Kühen fest. Heute aber muß ich nach Kiel, da tagt der PEN*, bei welchem ich noch niemals war, solange ich in der BRD bin. Fast 13 Jahre. Und näher tagt er wohl nicht in Bezug auf T., muß ich mir sagen. Außerdem haben sie mich sehr gebeten, zu lesen, ich durfte auch sagen, ob mir die anderen passen, hab ich mir ausbedungen, daß ich nicht mit Hermlin* nachher an einem Tisch sitze. Denn es ist schon etwas ärgerlich mit diesen DDR-Menschern, weil sie so kräftig lügen. Jeder war Widerstandskämpfer. Ich will mich aber nicht aufregen heute und morgen. Beherrsche ja noch die Kunst, durch die ganz großen Schurken hindurchzusehen.

Schweres Unwetter gestern im Rheinland und Bayern. Schlammfluten. 2 ertranken bey Wiesbaden, wenn ich die Nachrichten richtig verstanden habe. Hier hat es gestern noch ergiebig geregnet, nun wird es wachsen.

13. Mayen 1990

Gottlob wieder im Lande. War ja merkwürdig auf dieser Tagung. Die Ostis fast alle zum Kotzen, gab dann auch ordentlich Krach. Der PEN-Generalsekräter war durchweg besoffen. Alles wieder auf 13 Jahre vergessen! Hier regnet es stark, es ist dunkel! Aber wunderbar alles! Sehr froh, wieder hier zu seyn! War aber auch nett, ein paar Leute zu treffen, und die

Lesung war auch sehr schön. Hilbig* las schöne Texte in grobem Sächsisch zum Beispiel. Und während der Tagung blickte man auf die Landungsbrücken. Ein paarmal ging »Prins Harald« z.B., welches mich noch immer erregt, diesz norwegische Schiff.

14. May 1990

Zusehends wächst hier das Gras.

15. May 1990

Es ist Maikühle, soll aber tagsüber wieder wärmer werden. Wäre auch ganz nett. Haben gestern einen alten Tisch* zum Schafe scheren erworben. In Kullacks Altmöbellager. Man muß ja gewappnet sein. Eines Tages sind die Schafscherer da. Das wird ne wahnsinnige Plackerey.

16. May 1990

Gorbatschow hat als 1. Gesetz Folgendes durchgebracht: Es ist verboten, den Präsidenten zu beleidigen!

6 Jahre Straflager gibt es plus/minus. So hat es ihn geärgert, daß er am 1.Mai auf der Tribüne ausgepfiffen wurde. So kriegt er die Gefängnisse und Lager schnell wieder voll. Dekouvrirend, daß er mit diesem Gesetze begann! So verletzt war die Eitelkeit. Wer mich nicht liebt, wird erschossen. Ich hab immer gewußt, daß der nicht besser als jeder Zar ist, bin nicht in verbreitete Irrtümer verfallen. Im Balticum macht er auch nur Mist. Schickt die Anhänger auf die Straße, die Parlamente zu stürmen. Woanders wär das schon ein Bürgerkrieg. Die besonnenen Balten kriegen es bisher noch in den Griff. Gorbatschow so viel Macht zu geben, war schon Wahnsinn. Und sein Reich zerfällt doch. Muß es.

Ich muß in Kronshagen heute noch lesen. So ist es. Hab mir schon das Haupthaar gewaschen und lange gebadet. Muß ich immer vor solchen Anlässen. Enormer Wind herrscht. In 2 Stunden müssen wir weck. Ach, muß es denn sein? Ja, ich glaube. Es sind aber wieder 1.000,- DM. Für unser überzogenes Konto. Es sind aber 12.000,-, die wir im Minus haben. Ist aber kein Beinbruch. Einen Preis müßte man kriegen. Naja, ich wird noch was essen und trinken am besten, damit ich nicht vom Sesselchen falle. Um Welfgens Oper gibt es immer noch Knatsch. Heute lassen sie die Vorstellung ausfallen. Angeblich 1 Sänger erkrankt. Und zwar ein hauseigener. Diesz ist mir verdächtig genug. Au revoire. Salute. Etc. Usw.

17. May 1990

Lesung gut überstanden, 23.00h wieder hier gewesen. Es war noch hell, wie es im Norden um diese Zeit im Mayen ja ist. Kronshagen ist schon fast Kiel, dort wohnen Beamte, waren aber fleißig zur Lesung gekommen. Und gut informiert über Sommerstück und Allerlei-Rauh*. Hatten schon eine Vorlesung von der Kieler Uni darüber. Naja, wieder eins geschafft und die 1.000 Mark werden überwiesen ins Schulden-Loch. Das mich aber wirklich nicht kratzt. Es liegt Nebel über den Wiesen. Die Kühe werden noch gemolken. Ein bißchen länger geschlafen – 6.25 h. Noch länger geht's nicht.

18. Mayen 1990

Der Sauerampfer beginnt die Wiesen zu färben, die Bauern räumen die Mietenplätze auf – die ersten Wiesen sind schon gemäht. Die Schafe stecken aber noch in den Pelzen. Moritz hat heute wieder Fahrschule. Wird schon was werden. Es macht ihm sogar ein bißchen Spaß. Das deutschdeutsche Gewabere aber ist unerträglich. Ich hör nicht mehr hin. Höre NDR III oder dänische Sender. Dann geht es. Dennoch wird heute der Staatsvertrag* unterzeichnet! Feierlich natürlich. TV. Moses will nach der Fahrschule noch ein bißchen nach Büsum mit dem Zug.

Etwas Zoff, weil der Berlin-Ost-Innenminister Distel* Markus Wolf* zum Auflöser der Stasi machen will – und die gut ausgebildeten Stasis will er übernehmen für alles Mögliche. Sehr hübsch alles! Sie lieben ihre Stasis, die nun schon überall eingeschleust sind. Werden von Schweizer Banken bezahlt, wo Millionen Guthaben stehen. Irre. Die Stasileute sammeln sich. Und wenns im Ministerium ist. Scheißdedeerr.

Schornsteinfeger ist da. Rumpelt und pumpelt in meinem Kamin.

Mittags kam Post, daß Krumbholz* heute schon kömmt! Wir kamen noch nichtmal zum Zuge! Bald nahte ein Taxi und er stand vor dem Haus. Dies wandelnde Lexikon hatte sich aufgemacht. Sehr gut! Ein bißchen zitterig schon aber im Koppe sehr frisch. Eigentlich isser ja jünger als ich. Er erzählte die furchtbarsten Geschichten Stück für Stück. Und ich dankte stets meinem Schöpfer, daß ich rechtzeitig da weck bin. O Saus o Graus. Waren noch in Dellstedt in der gangbaren Kneipe.

19. Mayen 1990

Ich bin um Fünfe schon munter und fröhlich, gottlob, daß ich hier bin. Wir fuhren am Eidersperrwerk die Nordsee betrachten. Dann nach Ording an den Strand. Dann Westerhever. Dann nach Katingsiel in die kleine Kneipe. Die alte Frau da lebt noch, aber ihre Kinder machen die Arbeit. Dann langsam wieder retour. War sehr schön dieser Ausflug und ich liebe die Gegend zu allen Jahreszeiten und über die Maße.

20. Mai 1990

Türkisgrüner Himmel ganz oben, sonst Wolken. Perlmuttene Rundwolken und Dämmerungserscheinungen. Ich geh erstmal mits Robertchen spazieren, damit der ausm Haus ist und den Gast nicht umreißt. Alles getan. Morgen fahren wir dann alle nach Berlin. Ist noch ne lange Fahrt zum Schwatzen. Der K. ist zuckerkrank – Anfälle von Zittern etc. Lebt von 3 Knäckebroten usw. Hab gestern noch Reis und ein bißchen Gemüse gekocht, welches er essen konnte. Diesz ist abern guter Mensch eben und deshalb fahren wir heute nach Bergenhusen zu denen Störchen.

Waren wir. Dann noch in Husum, auf Nordstrand, in Friedrichstadt. Nun etwas erschöpft. Auch weil man so viel reden mußte. Morgen jedoch fahren wir nach Berlin. Reicht dann auch alles! Jawohl.

21.Mai 1990

Kurz vor sechs, war schon mit Robert spazieren, es sind die Katzen gefüttert. Gleich werfe ich meine Klamöttchen zusammen, dann bade ich noch. Es scheint so, als ob es noch regnen will. Wetterbericht hören.

In Rumänien hat die regierende »Front«* die Wahlen doch wohl gewonnen. 83% etwa. Aber die Leute kriegten einen Stempel in den Ausweis, wenn sie gewählt hatten. Also sind es keine freien Wahlen. Diese Menschen haben doch Angst, dann z.B. die Wahl zu verweigern. In der DDR liegen die rumänischen Übersiedler geschwächt auf der Straße. Was Krumbholz erzählte, daß es eigentlich seit ein, zwei Jahren überhaupt nichts mehr gab, daß nix mehr klappte, diesz ist schon erschreckend.

Tief verlagert sich etc. Hin in den Süden. Regenmantel brauche ich nicht. Ahoi. OK.

So, allet paletti. Alles alles fertich, aber wir haben noch eine Stunde Zeit, vor wir uns sputen müssen. Wölfchen kippt uns am Bahnhof ja aus. Über 5 Stunden müssen wir fahren, wir armen Tröpfe. Ausgelaugt kommen wir an. Und ich muß 2 Stunden später schon auf die Matte. O weh o weh. Und für 500,- Mark only, da hab ich beim Verhandeln (mit Sascha Anderson*) nicht laut genug wohl geschrien. Lohnt ja den ganzen Aufwand nicht. Bei Barbara* hab ich ja auch einen Freundschaftspreis ausgemacht, wie stets noch da. Naja, geh ich eben noch nach der Hauptstadt der DDDR noch herein. Mit Jochen.

23. Mai 1990

Wieder retour aus dem Städtchen Berlin, was ja anstrengend war. Besonders der Besuch in der Hauptstadt der DDR, auf der Fischerinsel oder anderswo. Was so grauenhaft war, daß man es schlechthin kaum schildern kann. Ich will davon auch nicht länger reden. Nur, daß mir da im Schutt des Jahrhundert-Endes, im Coma der DDR, schlagartig klar wurde: daß mich eigentlich nicht meine Liebesgeschichten so unerhört traurig machten, sondern daß es die DDR war. O weh. Schwamm aber drüber. Doch ich will da so schnell nicht wieder hin.

Und Post von Christa*: Sie lügt sich auch alles mögliche in die Tasche. Serke ist nun der Buhmann. Thomas sagt, er kenne den Maler gar nicht, den er in den Knast gebracht haben soll. Was nun wirklich gelogen ist, aber Christa glaubt ihm schnell, weil das ja so sehr viel bequemer ist. Also, ich glaube, ich entsage so langsam der Freundschaft, es ist ein bißchen viel, was man von mir verlangt! Großer Gott, was denn noch? Auch Nicolaous will ich in den nächsten 80 Jahren lieber nicht sehen. Es rächt sich nun alles auf Erden!

Was war noch in der Post? Einladung vom Kulturminister der DDR – er will seine Arbeit erläutern und 1 Glas Wein ausgeben. Da lachen ja die Hühner. Flatterte flugs in den Papierkorb, wo es hingehört. Jetzt spricht dieser Kulturminister auch schon 30 Minuten in »Kultur heute« – ein bißchen viel der Ehre, würde ich sagen. Dicke Manuskripte kriegte ich auch von ehemaligem DDR-Bürger. Ist aber nicht gut und Meta Mohaupt* schickt es retour. Muß alles weck.

24. Mai 1990

Wunderbarst, wieder hier zu seyn. Heute kömmt auch Moses noch irgendwann an.... Das Schafescheren naht... Genaues weiß man aber noch nicht. Die Bauern fangen ihre Futtermieten schon an. Immer früher. Und die Vögel, die auf den Wiesen brüten? »Die vier Enden der Welt sind voller Leid.«* Sehr gut, daß ich nicht mehr in Berlin bin. Oder gar Ostberlin. Auf der Fischerinsel hätte ich mich lange erschossen. Heute aber ist Christi Himmelfahrt. Kirchentag (kath.) in Berlin. Muß Moses sehen, daß er wegkommt. Ich hol mir Koffie. Das beste von Berlin war die Nachtigall vom Literarischen Colloquium. Die brüllte die ganze Nacht und ich machte das Fenster auf. Enorme Lautstärke diesz kleine Vieh.

Anruf: die Schafscherer kommen. Ach du grüne Neune! Es sind aber 13! Haben sie schon ans Haus hier geholt. Den Esel separiert aufm Deich. Diesz wird was werden! Aber wir haben einen sehr guten Tisch.

So, alles geschehen. Am schlimmsten war Mini. Widersetzlich! 3 ½ Stunden Schwerarbeit und heute kam auch nur ein Bruder. Sonst 2. Da war jeder echt gefordert. Aber nun habe ich das beste Gewissen der Welt, wenn die Viecher raus aus den Pelzen sind. Jonathan war der letzte, hat noch das Seil um den Hals, so brauste er weck. Müssen wir ihm noch abnehmen, kann aber nix passieren, ist ganz locker. Er ist aber mißtrauisch genug. Müssen ihm noch Beruhigungszeit einräumen.

16.00h kommt Moritz. Wind kam auf, 5-6. Kann ich am Nachmittag ja Aquareller noch machen. Es regnet schon auf unsere frischgeschorenen Schafe! Loulou schläft wieder bei mir im Papierkorb. Sie freut sich stets ganz besonders, wenn ich zurückgekehrt bin.

25. Mayen 1990

Die klaren Himmelsfarben, türkisenere Räume zwischen dunklerem hellerem Grau. Leichter Regen, eine Art Schauer. Entzückend aus dem Fenster zu sehen. Die geschorenen Schafe wie Ziegen. Die dunklen wie Wild. Sie frösteln ein wenig. Turin ist das kleinste Tierlein.

Jetzt hol ich mir Koffie. Dann mache ich Post. Muß auch an Christa mal ein deutliches Wort senden, sie macht es sich wieder sehr einfach. Serke ist Schuld und der Verräter, nicht Thomas wenn er bei der Stasi so tüchtig gewirkt hat.

26. Mayen 1990

Es ist maikühl. Pulloverwetter.

27. Mayen 1990

Post gemacht, auch einen Brief an Karsunke*, das PEN-Wesen betreffend. Man muß seynen Senf dazutun, damit alles schön turbulent sich dann abspielt. Kassandraähnliche Rufe. Was noch alles passieren wird, wenn man jetzt Friede-Freude-Eierkuchen spielt. Daß der DDR-PEN gar keiner ist etc. Man muß Yaak unterstützen, sonst geht die Anarchie noch verloren. Was ich nicht will. Aber wenn es so bleibt, wie es ist, gehe ich da nicht wieder hin. Natürlich weiß ich, was ein Verein ist. Habe die Feuerwehr hier vor der Nase. Aber ein bißchen Öl ins Feuer da gießen ist schon ganz hübsch! Herr, höre meine Stimme, wenn ich rufe, singen sie hier gerade in meinem Sonntagsradio.

Heute müssen wir, solange der Pferch hier noch aufgebaut ist, den Schafen die Hufe schneiden, die Droge eingeben, dann ab aufn Deich. 15.00h geht es los. Dann wird mein gutes Gewissen grenzenlos sein! Es sind sehr starke Pflichten, die ich empfinde, seit ich diese Tiere habe. Aber auchn federleichtes Gewissen, wenn alles gethan ist. Die starke Verpflichtung erreicht mich aber nur bei Thieren und Pflanzen, nicht bei leblosen Dingen. Termine oder dergleichen, diesz kratzt mich wenig, kann ich glatt alles schmeißen. Hab auch den dazugehörigen Ruf. Daß es sein kann, daß ich gar nicht komme. Wie Frau Callas. Die ich auch liebe. Jetzt geh ich aber an meine winzige Prosa. Vom Stadtgottesacker gerade. See you later.

PFEFFER UND SALZ *

Als ich viel jünger und treuherzig war, auf dem Stadtgottesacker von H. meinen Arbeitsplatz hatte, an der Steinplatte eines wundersamen Grabes schrieb oder mich sonnte, da war es auch schon geschehen, daß die eingegangene Ehe mit einem Begabten aber Herzlosen mich fast gereute, ach du mein schöner Toter unter dem Stein, wenn du wüßtest.

Der Stadtgottesacker mit seinem träumerisch-brutalen Namen war ein aufgelassener Friedhof, ein Hort der Poesie oder Schönheit. Die häuserähnlichen Erbbegräbnisse kannte man aus den gängigen Kunstgeschichten, wo sie als Exempel für Schwippbögen dienten, aber jetzt setzte niemand den Fuß, wofür ich niemand auch dankbar bin, höchstens Bruno oder meine Gestalt oder wir beide. Mein angesprochener Toter – ich erinnere mich nicht mehr, welcher sein eingemeißelter Name war auf der Marmorplatte ganz über die Grabstatt gezogen, mit dem Relief eines symmetrischen Baumes versehen, der von den Füßen her wuchs, die Zweige sehr wölbte und die Früchte da trug, die es in diesem Land nichtmal im Intershop gab – ich legte mich an den heißen, den brütigen Tagen des Sommers zu ihm auf den Baum auf dem Stein und spürte die Kühle und eine

Frucht zwischen den Schulterblättern. Apfelsine oder Pomeranze war noch die Frage.

Zwischen den Schulterblättern lag also ne Steinpomeranze, die zu träumen uns zwang. Ja, und am Stamm des ragenden Baumes war mitunter der Tote zu sehen, wenn man die rechte Stunde erwischte, eine überhöhte Erscheinung, wie sie die Frau seinerzeit meines Helden gebraucht hat. Nachdem er in irgendeiner einträchtigen Kolonie früh um sein Leben gekommen war.

Was eine Liebe! Haben die Zeitgenossen, dann die Nachgeborenen neidisch gesagt, wenn sie vorüberkamen oder auf scheißnormalen Gräbern Begonien gossen, welch grausames Schicksal! hängten sie erleichtert auch an, wollten lieber nicht tauschen.

War mein Toter wirklich überführt worden oder war alles lediglich friedlich anmutender Schein, wie die Gräber auf dem Jüdischen Friedhof zu M. mit der Aufschrift »gest. 1944 in Auschwitz«? Jedenfalls eilte ich hin, wenn die schöne Stuckdecke mir gleich auf den Kopf fiel oder mein Ehegemahl fleißig zusammenzog, was ich mit meiner reimlosen Kunst gar nicht verdiente. Von Zeit zu Zeit fand er, ich sollte wieder ne Anstellung machen, da ich ja den Abschluß hatte von der altmodischen Alma mater. Heiliger Mahler! Ich schauderte ordentlich heftig zurück vor solchem Schritte, den ich bereits mal ausgeführt hatte, der mir die einschlägigen Erfahrungen einer geplatzten Vergewaltigung brachte seitens des Vorgesetzten auf der Rückfahrt von einer der vielen frischgegründeten Dorfakademien, diesz lag mir nicht so. Aber wie konnte mein Einstgemahl, der Prins Herzlos mich wieder hinschicken wollen?

Da hing ich lieber aufm kühlen Grabstein herum. Da sprach ich lauter mit meinem eingebildeten Toten unterm orangenen Pomeranzenbaum. Gefallen in Oranje-Transvaal durch den gerechten Speer eines Ansässigen da. Hatte bis dahin manchen Grundkurs Marxismus/ Idealismus belegt oder verabsäumt. War auch wegen frecher Antwort durch die Prüfung gefallen. Mich dauerten in diesem Casus Opfer und Täter. Und ich saß auf dem Grabe hinter der Mauer vom Gottesacker und verzögerte die Rückkehr ins Stuckgewölk, wo Prins Herzlos ja herrschte, und wenn ich doch ging, so zu meinen Papieren und Schallplatten noch. Es schnitt mich beim Schreiben Sergeant Pepper's Lonely Hearts Club Band streng aus der Wirklichkeit raus, daß meine Seele nicht Schaden nahm und ich war jahrelang der einzige Besitzer dieser Platte in H. an der alten Salzstraße, wo mir eine Karawane das Ding mitgebracht hatte.

*

Schafe wurden zwiefach behandelt, Klauen geschnitten und ihre Wurmdroge zu schlucken gekriegt. Nachher treiben wir sie noch auf den Deich. Wir sind darbei gewaschen worden. Klatschnaß vom Regen. Dreckig. Die Schafe waren sehr glatt, geschoren + naß, nix Griffiges mehr, außer bei denen, die Hörner haben. Na, geschafft. Mit gelinden Krächen wie immer. Es ist aber zum Lachen sondergleichen.

28. Mayen 1990

Es wird immer kälter. Morgens 4° only, unsere armen geschorenen Schafe! Aber nun haben sie einen Stall oben auf dem Deich. Toula war sicher darin. Am Tage etwas wärmer. Moses zur Fahrschule hin. 2 mal gewaschen, auch die Arbeitssachen vom Schafetreiben etc. Sehr riesige weiße segelnde Wolken. Die ersten Rosen. Die gelbe Kletterrose am Regenrohr außerordentlich hübsch. Mohnblüte. Immergrün immer noch. Das Zymbelkraut verschwendet sich schier. Schwertlilien. Blaue und braune. Holunder beginnt.

Was getan wiederum, diesz Stück, welches nun »Pfeffer und Salz« heißt. Nahezu fertig. In die entsprechende Mappe gewandert. Werde noch ein paar

Aquareller dann machen. Wasche gerade die Paletten. Muß man von Zeit zu Zeit tun, sonst überwiegt ja das Graue. Etwas davon in den Farben ist hübsch, aber im Lauf der Zeit wird es zuviel, weil man ja auch mit ungewaschenem Pinsul hier- und dorthin mal langt! Gleich ist schon wieder Pfingsten, saß eben doch noch unterm Osterei. Moses will dann nach Köln, wo sich Rollenspieler mal wieder treffen. Holt sich heute ne Fahrkarte schon. Spendiere ich ihm von Herzen und gerne. Bin ja sehr glücklich hier unter den segelnden Wolken. Muß mir aber auch schon wieder ne Fahrkarte kaufen, nach der Insel Hombroich hin, wo der reiche Immobilienmensch seine Programme ja startet. Für 2.000,- DM , diesz geht ja. Habe ich hoch gepokert beim Preisausmachen. Aber der finanziert noch ganze Platten und Orchester – also dachte ich entweder oder. Klappte ja auch. Wir müssen aber schon 3.500,- DM Steuern nachzahlen zu unseren 10.000,- DM Schulden. Naja was solls. Muß eben was tun. 3erlei Texte* bis zum Herbst fertigmachen.

a) Kleine Prosa für DVA

b) Texte und Aquareller für Steidl

c) Texte für ein riesiges PENCK-Buch bei Sascha Anderson.

DVA muß ich b) und c) erst noch beibringen. Die möchten alles am liebsten noch selbermachen. Könn sie aber nicht so gut. Außerdem verschwenden die sich mit ihrer Sachsenzeitung ja noch! Grauenvolles Bürgerblättchen. Wenn ich es sehe, geht mir der Hut hoch. Sie schicken es mir. Ich darf sie aber nicht vor den Kopf stoßen. Aber irgendwann sage ich doch mal mit dem Blättchen verschonen! Luoluo überlegt, ob sie in meinen Papierkorb nun soll. Mittags scheint die Sonne hinein. Die Bauern aber sind mit ihrer Heuernte schon fertig! So früh gab es das nie, soweit sie sich rückwärts erinnern.

29. Mayen 1990

Sonne und weiße Wolken. Etwas wärmer könnte es werden. Wurde versprochen. See you later. Was tun muß ich wieder. Weiß sogar was. Moses aber hat schon wieder Fahrschule! So wird er es schon lernen. Was getan, dann Gartenarbeiten. Moses mähte. Welfgen mistete den Schafstall aus bei Frau Martens gegenüber. Später noch gegossen. Aquareller 2. Arbeitsgang. 3 sehr schöne entstanden. Jetzt werden sie langsam. Nach 1 Jahr der gesammelten Erfahrung! War heute 5.30 h aufm Plan. Alles steckt noch im Nebel. Abend war der Himmel wie grüne Seife. Um 23.00 h noch hell. Es ist immer wie ein Wunder.

Heute treffen sich Gorbatschow und Bush*. Es geht um den milit. und politischen Status des gesamten Deutschland. Nein, das eigentliche Treffen ist morgen. Heute kommen sie wohl erst an. Lassen sich fotografieren. Häftlingsmeuterei* in Hamburg weitet sich aus. Hole mir Koffie, den es schon giebt. Dann gucke ich mir die Aquareller von gestern an.

Waldhorn
Als ich bei Prins Herzlos da lebte hatte ich immer ein Schwanengewand in meiner hölzernen Dienstmädchentruhe, welche mir eine Tante lebend vererbte. Mitunter, wenn er nicht anwesend war oder tief schlief, weil ich Schlaftee ihm reichte, so flog ich über die Stadt mit anderen Schwänen. Wir schnatterten unsere Herzen frei, ließen auf der Rabeninsel uns nieder. Fraßen bittere Kräuter, tranken aus der vergifteten Saale uns Mut an. Hörten Reichardts Töchter auf dem Waldhorn laut blasen. Kehrten noch zurück in unser Dasein, aber lachten schon in uns hinein.

30. Mayen 1990

Peter ist beim Jagen wohl mal wieder in einen Graben gefallen. Robert hat ihn bedauert. Sieht er ne Woche struppig aus, Wasserlinsen und Sand tief im

Fell. Ein Stacheltier von den Umrissen her. Mich schon an den Aquarellern von gestern geweidet. Erdbeben in Rumänien, davor in Peru. Stärkere Angelegenheiten, über 4. Hier im Rheingraben fand vor ein paar Tagen auch eines statt, in Frankfurt besonders. Setzte Alarmanlagen in Gang und Notrufe bei der Polizei. Der Planet wehrt sich gegen sein Ungeziefer. Wird alles lästig.

Wir wollen heute nachmittag die Wolle der Schafe eintauschen. Kriegen wir für 2,5 volle Bettbezüge wieder einen Appel und ein Ei. Aber wir haben noch, was wir brauchen. Und etwas mehr. Tu wat.

Katzenpfote

So viele verschiedene Existenzformen ich hatte, vielleicht würde ich gerne noch einmal durch die ihnen zugeordneten Wohnungen gehn. Allen gemeinsam wäre nur noch ein Straußenei, welches ich immer mitnahm, wohin es auch ging. Man kann daraus schließen, daß es mir besonders am Herzen lag, aber das stimmt ebensowenig, wie es gänzlich zu leugnen ist. Denn beeindruckt hat es mich wohl ob seiner Exotik und mich von den Hühnereiern weggeführt Zeit meines Lebens. Aber nun zu den Wohnungen hin. Zuerst in die Wehrstedter Straße, wo die Kindheit angestammt ist: ach da liefe ich gleich durch den Schneeglöckchengarten, den Hausflur, wo unter der Treppe der Abdruck einer Katzenpfote im roten Zementfußboden eingegraben ist, könnte auch sein, ich stiege in den Apfelkeller des Großvaters hinab, immer das Gruseln im Nacken, daß die Falltüre zuschlagen könne, ich bin auf ewig gefangen. Oder ich schliche die weißgescheuerte, die seidige Treppe wie jetzt noch im Traum hinauf an den Türen vorüber, hinter denen die Eltern eines SS-Angehörigen und die eines Jungkommunisten wohnen und weder der eine noch der andere kehrte wieder. In unserer Wohnung hörte ich in der Ofenecke unter den hohlgelegten Dielen die jungen Ratten wispern und quieken, während die alte Standuhr ihre Bemerkungen macht. Im Kleiderschrank steht der rotweißgestreifte Beutel mit dunkelgelbem Rohrzucker gefüllt, der so merkwürdig verzögert zusammenrutscht, wenn ich mich mit einer Puppentasse bediene. Meine anderen Wohnungen aber, möchte ich die wirklich betreten? Die gekachelte Herrschaftsküche in H. mit dem Geruch der Weinkellerei? Da stand ich am Fenster und schaute über die Dächer in den Schneehimmel rein, der Architektentüll riß mir die Brust auf. Ich schliche an seinem Arbeitszimmer vorbei! Keine Lust auf Gespräche, oder schnell in die Türe auf der Fischerinsel noch rein – da fliegt mir die Gänsehaut wieder zu und das Würgen sitzt mir im Hals vor immer derselben Suppe. Die Mobilität ist stets ein Segen gewesen. Um Gottes Willen, wär ich bei Schlesisch Himmelreich oder Prins Herzlos geblieben. Es sind mir an denen Flügel gewachsen und eines Tages war ich ein Schwan auf und davon. Unhaltbar selbst im sozialistischen Vaterland. Kein Verständnis für Beton niemals und nirgends.

1. Junius 1990

Sehr früh wiederum aufem Plan und auch der Koffie tritt gleich noch auf. Nebel liegt über dem Land und dem Meer, der Kuckuck ruft. War mit Robertchen schon unterwegs. Katzen sind auch gefüttert. Die Sonne wühlt sich schon durch. Gestern Wolle verkauft, verkauft ist geprahlt. Für Schnuckenwolle geben sie nix mehr. Können wir uns nächstes Jahr gleich drauf einstellen. 2 sehr schöne mundgeblasene Gläser sind es dennoch geworden für 40 kg Wolle. Aus einem trinke ich heute Wasser. Bravo! Bravissimo!

2. Junius 1990

War gestern ein sehr schöner Tag und wir darinnen. W. arbeitete draußen unter dem Sonnenhute. Ich drinnen, aber ich ging immer wieder durch den Garten und später arbeitete ich darin. Heute müssen wir nach Heide. Moses zum Bahnhof, wir auf den Markt. Es zieht Regen herauf, was aber auch sehr zu begrüßen ist, knochentrocken ringsum. Wie sieht es in Mariehamn aus? Wird es dort endlich wärmer? Höret! Nachts um 3 jedenfalls war es folgendermaßen: S 3, diesig, 10°, 1012 HP. Vorstellbar für den Landeskundigen. Ich seh meine Alte mit Gösta. Sofort könnte ich weitermachen, daß sie einen Brief bekommen hat und so weiter, aber ich hab keine Zeit, muß ja weck! Könnte so vor mich hinschreiben den ganzen Tag! Liebe Papier.

Wieder retour. Fahrkarte gekauft, muß am 8. Ja schon wieder weck. Es regnete stark. So sind wir nur kurz übern Markt da gesprungen. Habe mir wunderbare Kakteen gekauft. 1 Riesenkerl und eine Palette kleine. Die ganze Palette 10 Mark, pro Stück also 1 DM. Der große ein Symnocalycium, sehr schönes Stück. Alles schon untergebracht. Es regnet still vor sich hin. Wird auch sehr gebraucht. Mittag isses.

3. Junius 1990

Pfingsten mit Pfingstrosen diesmal, was selten ist, da wir hier im Norden die immer später hatten. Der Beginn der Klimakatastrophe macht es möglich. Ich schlafe noch halb. Es ist 5.30h und ich habe schon alle Katzen gefüttert. Geh gleich noch mit Robert, worüber der sich sehr freut. Nehm ich dem Esel ne neue Kartoffel mit. Mein Baby ist in Köln.

> *Weihnachten*
> Einmal vor Weihnachten nahm ich mein Federgewand und kam nach Prag. Es war im Jahr sechsundsechzig, die Menschen strebten bereits in ihren berühmten unvollendeten Frühling. Und obgleich ich ihren Reden gern lauschte, sprach ich lieber mit meinem finnischen Freund. In einer Wohnung auf der kleinen Seite gleich hinter dem aufgebockten russischen Panzer. Oder wir flogen über Brücken und Plätze und da es, wie gesagt, kurz vor Weihnachten war, standen Holzbottiche an den Rändern der Straße, in denen träge Karpfen schwammen und diese Holzbottiche mit den mümmelnden Karpfen fallen mir jedes Jahr wieder ein.

Es regnet sehr wunderbar, da sieht man nicht einen Touristen, was mich natürlich erfreut. So ist Pfingsten mir lieb, menschenleer muß es hier sein. Mein Kind sitzt am Rheine in seiner Spielrunde drin. Wir fahren am Nachmittag nach Eckernförde zu Jochens Predigt* auch hin. Die Stunde Null oder ist heute gestern? Hat er sie genannt. Bin gespannt. Ich selbst habe es abgelehnt, in einer Kirche hier aufzutreten. Für mich ist es nichts. Für Jochen aber, könnte ich mir denken. Die Idee zu diesen Predigten finde ich ebenfalls gut. Aber ich muß nicht.

Allerlei-Rauh wäre solch eine Predigt gewesen. Aber noch eine weiß ich auch nicht. Draußen ist es kühl, mittags only 13°C. Aber ich habe in meiner Klause 20°. Und höre Mahler. Dabei aufgewärmt. Noch Haare waschen. Avanti. Was essen. Sonne für 2 Minuten. Minutensonne. Reicht. Sonst kommen die Touristen noch raus. Haare gewaschen. Sonne, aber mehr Regen. Haare noch etwas feucht. In 2 Stunden fahren wir los. Gemütlich nach Eckernförde. St. Nicolai-Kirche. Da isses sicher kühl drin. Orgelmusik giebt es auch noch. Sehr gut. Jochen sicher schon lange unterwegs. Kommt mit seinem Sohn 1. Ehe, den ich gar nicht kenne und mit Asher Reich*, dem israelischen Dichter.

4. Junius 1990

War sehr schön dieser Pfingstausflug gestern. Die Fahrt an die Ostküste ist es ja sowieso immer. Trafen Jochen in der Kneipe, wo er seine Texte memorierte. Asher Reich dann neben uns in der Kirche. Jochens Rede war sanft aber unerbittlich. Hinterher noch ne Diskussione im Gemeindehaus, die hätte man sich sparen können. Die mehreren anwesenden Pfarrer fingen an, Jochen auszuhorchen, witterten eine zu bekehrende Seele. Ich haute einen dann an und zieh ihn der Arroganz, als es zu bunt war. »Es mußte sein, Sie hatten es verdient.« sagte ich hinterher, als er mich noch einmal ansprach. So war es ja auch. Sehr lustig das Ganze. Dann noch zusammen in einer sehr schönen Restauration.

Heute kommen sie noch einmal kurz hier vorbei. Dazu müssen wir die Treppe noch fegen. Schaffen wir aber alles. Nachmittag kömmt dann noch Lisa. Wird schon alles werden. War entzückend gestern die Rückfahrt, wir schwammen durch die Wolkenbrüche mit unserem Silberfuchs da.

Warn sehr nettes 2. Frühstück mit dieser Reisegesellschaft, die jetzt über Hamburg nach Berlin sich wieder durchschlagen will. Hoffentlich ist es nicht zu voll auf der Autobahn. Aber sie können abwechselnd fahren. Sehr nette Menscher waren wir alle und allzumahl.

Nun holt Welfgen gleich Lisa ab und es geht weiter. Ist eben Besuchstag heute. Ich wasche gleich noch mal ab, während W. losfährt. Es ist sehr grün hier draußen, sagten die Menscher. Kunert rief an, der mir liebenswürdigerweise wieder was ablichten will. Lauter böse Articul über Christa. Von Greiner* z.B. in der ZEIT. Sie hauen den Esel und meinen den Sack oder so ähnlich. Waren ja Sympathisanten, und nun muß Christa herhalten. Aber sie ist auch wirklich selber dran Schuld, dieses »Was bleibt«* überhaupt zu veröffentlichen. Wenn schon dann vor 10 Jahren, aber besser wäre wohl gar nicht gewesen. So geht nun alles ins Auge. Mein Gott, wird sie wieder hart dran tragen. Märtyrerhaft + wollte doch die Vermittlerin sein. Alles Bleedsinn und wirklich nicht wichtig. Aber sie wird sich den Rest ihres Lebens mit der verflossenen DDR rumschlagen. Was nicht heißen soll, daß man darüber nix schreiben kann. Platonow* hat auch über Kolchosen und dergleichen sehr Interessantes Großartiges zu Papiere gebracht. Über richtige Menschen, aber wie elend die waren.

5. Junius 1990

Es hat die ganze Nacht geregnet und gestürmt. Und ich war im Traum auf einem Plateau, von dem man nicht mehr runterkam. Was soll es bedeuten? Muß ich bedenken. Koffie. So habe ich heute etwas Kopfweh. Schluckte 1 Aspirino. Heute kommt Moses retour aus der Domstadt. Setzt sich wohl bald in den Zug.

Es ist Mittag. Die Sonne schaut auch hervor. W. stanzt einen Articul über die Musik der Zukunft aus sich heraus. Soll er unbedingt ne Antwort drauf haben. Als ob es eine Zukunft noch gäbe. Na macht nix. Es stinkt mich an, daß ich schon gleich wieder weck muß. Aber es hilft ja nun alles nichts. Die Schulden sind immer noch nicht viel geringer geworden. Ein Preis müßte her! Aber ich kriege ihn nicht. Sehr schade. Es gibt doch sehr sehr viele, die ich nicht habe. Der Bäcker kam.

6. Junius 1990

Kind kam fröhlich retour aus diesem Köln. Hatte auch noch ne Impressionismus-Ausstellung im Wallraf-Richartz-Museum besucht. Ist stets erfreut wieder in der Stille zu sein. So geht es mir auch. Das Grün schlägt hier über uns zusammen. Robertchen ist sehr interessiert, wenn die kleinen Hundedamen hier vorüberkommen, die Holtorfsche, die Cockerspanieldame von der Hohner Fähre. W. sagt, solange er nicht wie ein Schloßhund heult, wollen wir zufrieden sein. Solch Ausdruck aber, der heulende Schloßhund, ist für mich so lebendig, ein außerordentliches Spracherlebnis, das direkt aus den Genen zu kommen scheint. Wie erlebe ich in Sekundenschnelle diesz Schloß einsam im Walde auf einem Felsvorsprung, dunkel und feucht sachte bröckelnd das Ganze. Leichter Verfall also schon, kaum Angestellte, ich vielleicht mit dem Schloßhund allein, beide fürchten wir uns etwas. Und wenn dann der Mond scheint, kömmt es über den Hund....

Ein echter Kursus wieder vom Schatten-Boxen wieder im Fernsehen! Sehr gut. Sieht unerhört aus. Mache ich nun, aber morgen und die nächsten 2 Tage bin ich ja morgens nicht da und Sonntag gibt es ja sowieso nix. Na, ich krieg aber noch mit, wie der Storch die Flügel ausbreitet und rückwärts geht oder wie die Schlange die Zunge heraussteckt. Diese schönen fließenden Bewegungen begeistern mich sehr!

Auweia. Nun von Kunert die Articul* über Christa aus »Zeit« und »Faz«. Was hat sie sich aber auch in das Täschchen gelogen und JEDE Verfassung noch begrüßt. Für die Allerneueste, jetzt, auch schon wieder die Präambel geschrieben. Gut, aber die davor hat sie auch schon gefeiert. Wirklich, es ist alles wie aussem merkwürdigen Bilderbuch. Sie muß sich vor allen Dingen aber auch überschätzt haben, der Ruhm ist eben was Schreckliches. Ich glaube nur, was meine Schafe oder die Möwen über meine Genialität so sagen. Dies ist nicht eben viel und die Bäume knarren bloß ein bißchen, wenn sie lachen. Arme Christa, sie tut mir schon leid. Aber diesz kann ich ihr auch nicht schreiben. Diese ulkige Erzählung »Was bleibt« mal morgen zu bekommen versuchen. Dicht am Kitsch lag sie ja schon öfters. Ich weiß noch, wie ich es bei »Christa T.« nicht für möglich hielt, als nun noch der junge Förster ins Buch kam. Ich lachte Tränen, immer wieder. Daß sie nix da warnte – daß es nicht den kleinsten brechenden Nebensatz gab, hat mich gewundert. Ach Hase*, du mit dem Papierhelm – was sagst denn du dazu? Da biste sprachlos. Kann ich mir denken.

Nun fang ich aber ein neues Buch* an.

6. Junius 1990

Erst Sonne, dann bewölkte es sich. Mit Kurtchen* telefoniert, sie sind in Dransau, da regnet es sehr. Sie wollen im nächsten Moment kommen, gleich Dienstag oder Mittwoch, da wollen wir im Garten alles durchsprechen, was es so gibt. Irene* war in Frankfurt beim Heiner Müller- Festival. Der ist nun auch vom Söckelchen runter. Ich glaubte, er verkraftet das besser, da er ja ein alter Zyniker ist, aber Kurtchen sagt, Irene sagt, daß er nun keinen Whyskey mehr verträgt, sondern taumelt und stottert. Man wird ja noch ne Menge erleben. Einstürzende Neubauten. Klaus Hammel (ein mittelmäßiger Theaterschriftsteller) soll sich schon umgebracht haben, weil er sich nicht mehr in der DDR-Wirklichkeit zurechtfand.

Siebenter Junius 1990

Es ist sehr früh, vor 5.00h, weil ich nach Heide hin muß. Und morgen nach Hombroich. Es sieht nach einem Landregentag aus. Zieh ich meinen schönen schwarzen Regenmantel gleich an. War mit Robert schon draußen. Der Turmfalk saß über meinem Fenster und die Vögel warnten. Sah ihn abdrehen. Die Kühe saßen sämtlich. Nun erheben sie sich langsam, fressen noch eine Runde vorm Melken. Ich muß mir Koffie holen. Traure meinem vorherigen Heft etwas nach. Dieses ist noch zu neu und ohne Charakter. Ich hab es von einer Reise mitgebracht, weiß aber nicht mehr, woher. Mainz kann es gewesen sein.

In Kirgisien gibt es Unruhen. Kirgisen und Usbeken schlagen sich tot. 40 Tote und 200 Verletzte gibt es schon. So, jetzt wappne ich mich. Gehe vor des Bauern Reese Kuhstall, von wo der Bus abgeht.

Wieder retour! Im Landregen! War aber auf alles vorbereitet. Nachmittag schien wieder etwas die

Sonne. Ich schmeiße meine Sachen schon langsam zusammen. Fahre mit der kleinen schwarzen Tasche. Leichtfüßig ist es am besten. See you later. Bis morgen in meinem Kämmerchen. Ehe ich abfahren muß. Mich noch kurz hier niedersetze.

8. Junius 1990

Erdbeben und Vulkane in diesem Jahr. Vulkan in Peru, der eigentliche Ausbruch steht noch bevor. Diesz perlt so aus den Nachrichten raus. Es regnet außerordentlich stark, die ganze Nacht ging das so. Ich sehe den Park von der Insel wohl nur im Regen. Könnte die Nachtigall hören. Aber erst muß ich mal hingelangen. Dazu bedarf es 3er verschiedener Züge etc. Jetzt hol ich mir jedoch Koffie. Robert hat in den Flur gepinkelt. Ein starkes Stück! Abends hat er nur geschnuppert.

9. Junius 1990

Wieder eingelangt, wie die Österreicher es sagen. War eine Reise mit Hindernissen. Die Eiderbrücke spielte mal wieder ne üble Rolle, Zug kam nicht.

Ich mitm Taxi bis Hamburg, kam mit Ach & Krach noch zur Lesung. Nun im Regen wieder hier. Im Regen abgefahren, im Regen wieder zurück. So langsam verfault hier noch Alles. W. nach Kassel – anscheinend wird heute seine Oper wirklich noch einmal gegeben. Bin heute darauf aus, bald in mein Bette zu gehn. Ach bin ich froh, mit einem fetten Schecke hier wieder gelandet zu sein! Keiner wird mir das nachfühlen können als Loulou und Moses. Die Regenwolken ziehen wie verrückt tief über das Land! Ich gehe ins Grüne Zimmer, ins Bette nun balde. Koeppen* war in Greifswald. Kriegte einen Preis von der Ernst-Moritz-Arndt-Universität. Nein, eine Ehrendoktor-Würde. Diesz ist sehr edel, aber die Uni hat es vor der Wende auch nicht gewagt. Dennoch. Schnupfen-Wetter, diese Feuchtigkeit. Wir essen Torte, Moses und ich. Kind hat sie ausgefroren. Begierig darauf, wie er gestern/vorgestern schon war. So geht es ihr jetzt an den Kragen. See you later James.

10. Junius 1990

Schon mit Robertchen spaziert, fast mit Bobby getroffen, mit dem ihn eine tiefe Feindschaft verbindet. Alle Hunde und Katzen gefüttert. Das Wetter scheint wärmer zu werden, die Sonne wühlt sich wohl vor. Heute hat Herr Bellow* Geburtstag. Den 75. Das geht ja noch, da kann er entweder sich wapp-nen oder auch abhauen. Ich würde an seiner Stelle letzteres vorziehen. Ich weiß aber gar nicht, wo er wohnt. Ach wird der ne wunderbare Bibliothek haben! Vielleicht auch einen Sekretär. Ich habe auch einen Sekretär. Daran schreibe ich.

Entzückendes Wetter! War stundenlang im Garten. Alles bestaunt, angebunden, vom Unkraut befreit, wo es notwendig war, dann gelesen vorm Haus. Die Sonne ist zwar noch etwas verschleiert, aber es ist wieder warm und die Luft riecht nach Holunder und Rosen und ist einschmeichelnd weich. Moses geht auch gleich mit einem unbekannten Agatha Christie-Roman in die Hängematte. Es fröstelte ihn schon, war zu lange in der Eyder, hatte getaucht. Im schwarzen Wasser. Abends bewölkte es sich wieder. Tröpfelte auch, war aber gering. Es schwimmt auch fast noch. Mal sehn, wann Welfgen retour kömmt.

11. Juni 1990

Welfgen kam gegen Abend durch den Regen gefahren. Sie hatten die Oper tatsächlich gespielt. War schon mit Robert spazieren, welcher Liebeskummer hat wegen Ronja. Er sah sie von weitem und schluchzte zum Steinerweichen. Der Schmied aber, der lieber mit Heu und Stroh handelte, weit über Land fuhr, es zu besorgen, einen irren Karren für Strohballen sich konstruierte, uns im März noch mal Heu brachte, er ist totgeblieben, wie es hier heißt. Man hatte ihm zuvor eine Niere entfernt. Welfgen muß ihn beerdigen helfen, die Frau, welche wir kennen, hat ihn gebeten. Gleich stellt sich natürlich die Frage: wo kriegen wir fürderhin aber Heu & Stroh her. So ist der Mensch, denkt an seine gealterten Schafe.

Gestern war in Ost-Berlin ne Akademie-Sitzung, wo sie wieder gejammert haben. Christa. Hörte ich gerade in mein Radio drin. Na, die Akademie! Ich war nie linientreu genug für diese. Die andern waren schon längst da Mitglied. An der Begabung kann es ja nicht gelegen haben, wenn ich mir ansehe, wer alles drin ist. Es gab 800,- Mark im Monat, Schweigegeld. So viel hatte ich nie im Leben dort in dem Scheißländchen.

Frank-Planitz* bekniet, daß er versucht Grušas* Gedichtband zu bekommen. Wär ne außerordentlich angenehme Gesellschaft.

12. Junius 1990

Versteinerte Wälder

Prins Herzlos hieß er nicht immer sonst hätte ich ihn niemals genommen. Zuerst studierte ich meine irrtümliche Waldwissenschaft, wollte den schlesischen Lehrer bekommen, hatte ihm eine Stelle in meiner Heimat verschafft, wo mein Vater des Schulrats gotische Standuhr ingang hielt, dann war ich eines Tages in der Universitätsstadt bei der Freundin einer Freundin zu Gast, der großen Raucherin, heute unter vergilbtem Rasen. Ich besuchte sie sommers auf dem Balkon, dem Museum für Vorgeschichte hart gegenüber. Lehnte auch Prins Herzlos über der hohen sehr schmalen Brüstung und sah wie ich die mannshohen Ammoniten im Museumsgarten da stehn und erbarmungslos versteinerte Bäume, so war es um mich für ne Weile geschehen. Prins Herzlos der aber anders hieß war wegen eigener Rilkescher Gedichte, die er ja schrieb, reglementiert relegiert. So stieg sein Kurs an meiner Börse recht sehr und hat den Weg nach Schlesisch-Himmelreich mir verbaut. Sachtes Flattern des einen unteren Augenlids, das ihn mitunter befiel und der Umstand, daß er sich wegen Poesien hohen Zorn zugezogen hatte, erweckten Neugier und starkes Interesse. Die Arbeitswelt als Strafkolonie – wassen komplizierter Gedankengang fürn Arbeiterstaat! dachte ich. Aber vielleicht gabs ja die umgekehrte Variante – ein ungelernter Arbeiter wurde wegen Sauferei/Hurerei oder nem Witz zum Philosophiestudium plötzlich verdonnert. Und nun arbeitete R.M. unfreiwillig bei der »Freiheit« denn so hießen Druckerei und Zeitung und ich mußte immerfort lachen wenn es mir einfiel und weil mir danach alles absurd vorkam. Die große Raucherin hatte ihren Buchhaltungsschreibtisch auch in der »Freiheit« und empfand umgehendes Mitleid mit Rilke, weil sie selber Liebe zum Höheren sehr empfand wegen gemischter nicht erwiederter Gefühle für die Primaballerina aus unserer Heimat.

Erschütterungen

Nach den Pogromen ein Erdbeben nun. Minus 26 Grad am anderen Morgen. Nichts klappt bei der Rettung. Es gibt nicht einen Suchhund im Sozialismus. In Spitak wird die Suche nach Überlebenden überstürzt eingestellt. Der Ort wird eingeebnet, die Menschen werden im Schock weggeführt. Die Häuser sind über die Maße da eingestürzt, weil der Zement aus zu vielen Teilen Sand hergestellt war. Er wurde stets verlängert, verschoben/gestohlen, weil es außerhalb der staatlichen Baustellen nichts gab.

Lachen

Um vom Sturm etwas zu begreifen oder gar vermitteln zu können, muß man an der Grenze zwischen Wasser und Land angestammt sein, da wo er sich auf die Welt wirft, frisch und ungebrochen direkt aus dem Äther das himmlische Kind, von kleinen Wäldern gekitzelt – wie er vor Lachen brüllt und mir die Füße gleich wegschlägt.

Bertelsmann: gestern in Potsdam ein Symposion* um »Kulturnation Deutschland – getrennte Vergangenheit, gemeinsame Zukunft?« Christa verteidigt sich nun. Wenn sie nicht in der DDR geblieben wäre, hätte man sie nicht so angegriffen. Wie andere, die weggegangen sind, sagt sie. Schirrmacher ist dabei, spricht auch. Versuch zu verstehen gibt es, man will niemand demontieren. Jens* ruft zum behutsamen Umgang miteinander auf. Dagegen Ulrich Greiner. Das war man viel zu lange. Man hat Sprachregelungen gemacht, die DDR-Literatur wurde besser besprochen als die eigene. Nun muß man doch endlich offen miteinander reden. Schorlemmer*: nun wird alles deutlich. Kommunikationsstörungen. Geistiger Chauvinismus, wenn es heißt, nun redet man endlich die Wahrheit. Und so weiter. Diesz ist ein kleinkarierter Blödsinn und weiter nix. Irgendwann wird es wieder um Literatur gehen und nicht um Vergoldungen und Tünche. Wen hat denn Bertelsmann eingeladen? War nicht festzustellen. Christa geht überall hin. Jeden Abend woanders. So weiß sie bald nicht mehr, was wichtig ist, daß es nicht um Staatsformen geht. Literatur will nicht regieren denke ich mir. Bleedsinn. Ach Christa alte Mutter diesz wird nix. Mit uns auch nicht. Taschenlügereien. Ob Irene bei Bertelsmanns Symposion gewesen war? Könnte sein. War nämlich gestern keiner im Laden, als ich da anrief.

*

Christa sagte im Fernsehen, wo ich sie auch noch sah in einer Diskussion mit Oberschülern: ihr wäre es gelungen, sich in der DDR von Staat und Partei unabhängig zu machen, deshalb hätte sie nicht weggehen brauchen wie andere, die damit Schwierigkeiten gehabt hätten. Damit macht sie sich natürlich nicht bei mir beliebt. Blödes Gerede. Was lügt sie sich doch zentnerweis was in die Tasche!!! War »Christa satt«.

13. Junius 1990

Heute aber haben Yeats* und Pessoa* Geburtstag, das ist ein Paar oder so ähnlich. Es ist früh und alles steckt hier noch im Dunst. Spazierte mit Robertchen schon.

Später. Gab den ganzen Tag keine Sonne. Welfgen ist den Schmied nun unter die Erde spielen gefahren, wenn wir in höchsten Nöten sein, hat er vorgesehen, wer aber ist er, vielleicht sogar Bach. Hinterher will er noch weiter Örgelchen spülen. Wer. Wieder er. Stark bewölkt, 17, so ist es heute. Beim BKA Hessen ging u.a. auch eine antisemitische Drohung (anonym) für mich ein! Im Klippschulstile wie stets noch verfaßt. Sie wollen sie mir zugehen lassen! War schon mal. Man kann denken, es sind nervenkranke Dummköpfe nur. Anruf über DVA.

14. Junius 1990

In Rumänien aber schießen sie sich schon wieder erfolgreich tot. Die Demonstranten werden weggefegt, man behauptet, sie wären die »eiserne Garde«*, also Faschisten. Es war wirklich bloß ein Putsch und es hat sich nur um Haaresbreite was geändert, die Methoden der Unterdrückung sind ein wenig verschieden. Das hat Dinescu* neulich noch nicht wahrhaben wollen, als er in Kiel war. Söllner* auch nicht, aber der ist nicht an Ort und Stelle. In Bulgarien sind sie auch noch hinterm Mond.

Tielenhemme, 14. Junius 1990

Lieber Gerhard,*

wenn man sein Radio andreht, hat man Frau Königsdorf drin, die prompt über »diese Demütigung« jammert – damit fährt sie nun schon monatelang durch ganz Europa – es ist grotesk, und Christa ist auch gleich in meinen Medien, und was sie sagt, findet auch nicht so ganz meinen Beifall. Es ist schwer auszuhalten. Und dieser Kinderglaube, daß in der BRD die Barbaren sitzen – ich habe mich dem Markt angepaßt und schreibe nun harte Pornos. Als ob die Grenzen nicht ganz anders laufen, aber ich höre schon auf. Vielen Dank für die 3 Bücher und die 2 Reden. Alles sehr interessant. Was macht denn David Morgner beruflich? Geld wird ja noch lange eintreffen. Ein bißchen miljögeschädigt wird er wohl sein. Hörte von Sascha Anderson, daß Dich die Jungs am liebsten eingekauft hätten. Ist aber sicher besser, selbständig zu bleiben. Die Jungs sind anders dynamisch denke ich mir. Dem Herrn Janus drücke ich die Daumen. Wer aber sind Grünbein* und Gino*? Man wird alt, hat keine Ahnung mehr von denen darnach. Ich kann außerdem nicht mehr so viel lesen wie einst, mache in der Zeit auch lieber Aquareller. Meinst Du wirklich, man könnte ganz normal quatschen, wenn man sich träfe? Ich hab manchmal* *ne wilde Wut doch im Balg. Und Christa soll mal 1 Jahr in der Versenkung verschwinden und lieber was Anständiges schreiben. Oder was Unanständiges. 1000 Grüße! Sarah*

15. Junius 1990

Sie finden jetzt alle ehemaligen RAF-Terroristen in der DDR! Die anderen Identitäten nutzen nix mehr, sie wurden ja von der Stasi geführt und werden verpfiffen! Die Vergangenheit holt sie ein. Muß ja schon eine Strafe gewesen sein, das neue Leben in der DDR zu beginnen! Wenn man dergleichen nicht gewöhnt ist, indem man da aufwuchs. War eigentlich schon Strafe genug. Man sollte sie laufen lassen? Haben etwas sauber gemacht. Noch mehr RAF-Terroristen festgenommen. Nun schon mindestens neun. Irre. Damit hatte wohl niemand gerechnet.

Wo aber sind Kurt und Irene? Sie sind nun fällig. Alles ist fertig. O du mein holder Abendstern. Kriegte heute eine Sinn und Form. Es stehet fast wien Gruß aussem Jenseits ein Briew von Fühmann an Höpcke* darin, als ich weggegangen war. H. wollte sich damit schmücken, was natürlich grotesk ist.

Mit Kurtchen und Irene war es sehr schön, wenn es auch bedenklich ist, wie Kurt seinen Anspruch als ernsthafter Dichter ganz aufgibt. Versteht sich bald als Unterhaltungsschriftsteller. Schreibt gleich für Manfred Krug. Fernseh-Serien. Dagegen hab ich 3 Sätze gesagt. Naja, leben muß man eben auch, das ist wahr. Aber ein bißchen traurig macht es denn auch.

16. Junius 1990

Immer noch trübe, aber sehr grün. Schönes Land hier, welches der Schmied nun verlassen hat. Oder Erna Berger. Sie konnten beide versuchen, irgendwo hinzukommen. Erna war skeptisch, Schmied hielt es noch irgendwie möglich. Erna hatte Recht. Aber sie haben den Planeten umkreist und es war ein sehr schöner.

Gelb
Das närrische Gelb trauriger Wasserrosen
Der dunkle der einverständige Fluß.
Sein Jammerlied singt mir der Herbst
Die halbe Nacht im Kamin.

17. Junius 1990

Man feiert Tag für Tag. Könnte mal wieder die Sonne scheinen. Die Kühe sagen es auch. Ich habe kalte Füße. Ich lese wieder »Aus dem Bleistiftgebiet«, dann arbeite ich aus dem »Papierkorbgebiet«. So wird es gemacht! Nachmittags kann man Erich Loest* im Fernsehen bei seiner Rückkehr nach Leipzig zuschaun – mancher macht nix mehr ohne ein Medium. Leicht pervers ist das schon, wie ich finde. Aber ich bin auch sehr streng. Es ist aber richtig. Doch Loest hat es nötig natürlich.

Schafe umgetrieben. Sind nun vorm Haus, Esel im Garten. Sie sollen die abgesensten Disteln fressen. Mal sehn, ob sie das tun! Margarete* rief an. In der ZEIT schreibt nun Herr Kant*! Na, wir werden noch seltsame Dinge erleben. Die ZEIT ist seltsamer als die WELT nun mitunter. Und der Blickwinkel stammt nicht aus meiner nun etwa veränderten Sicht. Z.B. macht sie, die ZEIT, ne Umfrage bei »Prominenten«, wie das gesamte Deutschland heißen soll und was man als Nationalhymne sich wünscht. Wo schon alles so unangenehm nationalistisch schon läuft, die meisten Politiker, egal ob zu Hause oder im Büro, ne Fahne hinter sich haben wie im fernen Amerika, also da befragen die Golo Mann z.B. auch noch und Kant und Walser etc. Aber Biermann nicht, keinen von uns Weggegangenen überhaupt. Wir sind denen im Moment ja bloß peinlich. Golo Mann sagt: Nationalhymne: Deutschlandlied, alle 3 Strophen! Na, ich hab die ZEIT schon ein paar Jahre abbestellt, Gott sei Dank!

Dies erfuhr ich alles am 17. Juni, der in diesem Jahr mächtig salbadernd gefeiert wird. Alles etwas grauenvoll!

18. Junius 1990

Nebel am morgen, noch kühler als sonst, 8° only. Aber die Sonne steht dahinter. Schon alle meine Tiere begrüßt und gefüttert. Esel kriegte eine Kartoffel und wurde gestreichelt. Der Radiopfarrer war auch schon da, nun die maritimen Wettermeldungen, so fängt der Tag an.

Der Maler rief gestern noch an. Der sitzt hier irgendwo auf Eiderstedt aufm verrotteten Haubarg, die Freundin, ein knallhartes Wesen, macht eine Kneipe, neulich hatten sie Schafe, nun nix mehr, auch den Hund totgeschlagen etc. Ich wußte, daß es so geht, sie wollten vor 2 Jahren gern Lämmer von uns, aber denen würde ich nicht mal ne Spinne geben. Brutale Lebensumstände bei manchen Leuten! Schleppt sich durch Generationen. Vielleicht guck ich mir aber mal wieder die Bilder an. Interessiert mich, muß sie, **** und *****, mir aber vom Hals halten. Will sie hier nicht sehen! Sie sind mitunter sehr grobe Klötze, diese Maler und nur fürs Malen gut. Leben wie die ärmsten Hunde und schlagen diese noch tot. Grauenhaft.

19. Junius 1990

In der DDR frisieren die Justizangestellten jetzt ihre Personalakten. Belobigungen und Orden raus, auch neue Biographien, damit sie bei der Einheit Deutschlands auf Lebenszeit übernommen werden. Jeden Tag neue Terroristen gefangen, die in der DDR gelebt hatten. Ein netter Staat war es wohl. Man kann sich bloß weit weit zurückziehen, da in den nächsten Jahren zu viel Politik über einem täglich ausgekippt wird. Den ganzen Tag aber gestern da so ruhiges warmes Wetter doch war und ich mich oft draußen aufhielt, mußte ich sagen, wie der Duft des Holunders mich freut. War fortwährend am Ausrufen. Über Nacht hat es geregnet, nachher wird es wild duften, wenn die Feuchtigkeit weg ist. Mein Gott isses schön hier! Genau an dieser Stelle des Planeten!

20. Junius 1990

Landregenwetter, auch gut. Bloß Moses muß sich nach Heide durchschlagen. Spielrunde bei Torge und Fahrschule noch. Mal sehen, wie er es macht. Überall im Garten und drumherum werden Vögel gefüttert. Grasmücken und Meisen, Amseln und Schwalben. Die Katzen werden andauernd ausgezankt. Mörder! Mörder! ruft es aus allen Ecken und Winkeln, sie genieren sich schon (wenn man dabei ist). Moses will mit dem Fahrrad nach Dörpling, dann mit dem Linienbus weiter. Kann er natürlich gewaschen werden. Er geht bei Lisa vorbei, da freut sie sich und atzt ihn mit Apfelsaft und Plätzchen und Zuckerschnecken. Einen Sehtest muß er auch machen. Und mein bestelltes Buch »Was bleibt« soll er unbedingt mitbringen. Bin ich dann sehr gespannt, ob dann was bleibt und wasses so ist. Langsam wird man bösartig, das läßt sich nicht ändern. Seewetterbericht: Helgoland: SSO 4, diesig, 15°, 1013. Mariehamn aber: NNW 1, Nebel, 8°, 1019. Kühl ist es dort.

Lese gerade Erzählungen von Elizabeth Bishop*. Sehr sehr schöne sind es fürwahr. Ich habe sie bei Poetry in Rotterdam wohl getroffen. Eine Frau so alt wie meine Mutter glaubte ich und natürlich sah sie etwas jünger aus und dennoch sehr durchschnittlich und sie las und ging ohne Brimborium und ich hörte, sie solle berühmt sein. Was das schon sein wird, dachte ich, denn ich traute ihr einfach nix zu in meiner jugendlichen Überheblichkeit und ging mit Nikolas durch die Reihen der Lesung und durch die Straßen von Rotterdam oder fuhr mit Rainer Kunze nach Amsterdam oder besuchte Martin Moy. Nun verstehe ich alles besser und zieh vor ihr den Hut, wo sie längst tot ist. Ihre Erzählungen sind wunderbar. Sie hat die verlorene Zeit hübsch im Griff und schreibt so lustig vom Vergehen der Zeit und des Menschen. Sie kann Dinge und Menschen zum Leben erwecken. Sie ist eine gute Zauberin, die ihr Handwerk versteht und ich liebe sie und ihr Buch sehr. Möchte auch Gedichte lesen, aber auf Englisch wird es mir nicht so viel nützen. Es ist alles ganz normal geschrieben und es wird auch was erzählt, sogar berichtet. Die Anhänger des Strukturalismus – sie würden die Nasen rümpfen. Aber mich berührt alles viel mehr als diese anderen Arten zu schreiben. Diese Melancholie die dabei ist – bei Arno Schmidt finde ich sie natürlich auch, dieses Wissen um die Begrenztheit der eigenen Zeit und der jeglichen Dinges. Ich lese das außerordentlich gern, obgleich es so konkret ist. Konkreter als konkrete Texte dann natürlich auch.

21. Junius 1990

Habe nun ach! Christas Buch ganz gelesen. Etwas kleinkariert und ziemlich belanglos, dieses Opus von der winzigen Überwachung seinerzeit. Nix besonderes eigentlich, gänzlich belanglos. Auch nicht gut gemacht, aber was solls. Konnte es wenigstens lesen. Kassandra konnte ich nie. Aber nicht einmal ist sie wütend, immer spielt sie das Spiel. Ihre Heldin sagt nie zu den Überwachern: »Finden sie nicht, daß sie eine Drecksarbeit machen?« Nein, sie versucht, sich in die Überwacher reinzuversetzen. Das ist der Unterschied zwischen uns zum Beispiel. Und dieses Gerede von der neuen Sprache, die sie eines Tages hätte – diese Unschärfe allenthalben. Na Prost.

Ach, geh mir weck! Moses ist wieder nach Heide hin, schon wieder Fahrschule. Es grünt so grün. Ist aber bedeckt. Und Luftfeuchtigkeit 99,9%. Alles ist klamm wie in den Tropen. Hab die ganze Nacht Lesungen gehabt. Aber meine verflossenen Liebhaber, sie brachten mich hin und waren zugegen und huldigten mir. Sehr ulkiger Traum! Ich verlor immer den Überblick, wo ich nun wieder hin mußte, aber schließlich war es die letzte Lesung und das machte uns sehr übermütig.

Der Titel von Christa »Was bleibt« ist ja auch wunderbar verblasen und eigentlich ein Selbst-Tor. Außerdem muß man lachen, wenn man nun dauernd auf den Titel kömmt. Ich gieße mir Tee ein, es ist fast im Topf und W. sagt, er wolle auch welchen, wenn »was bleibt«. Er merkte es erst gar nicht, Heilige Christa!

Von Naegeli* 3 Zeichnungen bekommen! Originaler! 2 farbige 1 schwarzweiße. Sehr sehr schön! Sie verwandeln sich dauernd im wechselnden Licht heute der Wolken, die bei der »großen Sonne« die umgebenden Farben verdunkeln. Sehr feine Erlebnisse sind das! Das schwarzweiße als »Rußwolken« bezeichnet, ist wie ne halbabstrakte chinesische Landschaft! Es kamen außerdem die Fotos von Edith Södergran*, die ich in einem schwedischen Archiv in Helsinki aufgespürt habe. Sehr sehr schön! Ich hatte 3 Jahre lang nur ne Fotokopie, wo sie mit dem Kater vor dem Holzhaus da steht. Nun stellt sich heraus, daß sie noch einen Hut mitm ausgestopften Vogel aufhat. Paßt sehr gut zu ihrem riesigen jungen Kater. Wird ihm gefallen haben! So tolle Post gab es heute! Ich war aber vorher auch fleißig.

22. Junius 1990

Wer entscheidet, was real ist? Die »Große Sonne« aber von Naegeli führt schon am Morgen ihr Leben. Steht noch auf dem Eckschrank, Kirschbaumholz, das die Farben der Zeichnung sammelt. Die Sonne schwebt über der Schlucht. Und glüht. Und ich kann sehen, was ein Profi ist und daß damit verglichen meine Aquareller leider nur bestrichene Papiere sind. Tapeten. Leider isses so und ich weiß es ja auch. Ich bin die Dillettante jawohl. Entzückender pistaziengrüner Himmel hinter blaugrauen Wolken. Es ist 5.30 h und ich bin schon mit Robert getrabt. Katzen sind gefüttert. Ich habe Koffie. Nun kann ich meine Naegeli-Bilder betrachten und langsam zur Arbeit übergehn. Erdbeben im Iran. Tausende Tote. 7,3 war die Stärke. 15 Sekunden Hauptbeben. Es kam bei Nacht bzw. beim Fernsehen zur Fußballweltmeisterschaft. Diesz höre ich in den Nachrichten. Deutschdeutscher Staatsvertrag wird heute verabschiedet. Sie haben gestern bis in die Nacht getagt. Ein Regengebiet sagen sie kommt. Südwestwind. Ab Sonntag wird es wärmer.

Später rief Margarete an und las mir einen Articul aus der FAZ vor von diesem Potsdamer Bertelsmann Konferenzchen. Bertelsmann hat Höpcke zum Berater für DDR- Literatur gemacht! Und wie sich Christa und Höpcke und Rainer K. liebevoll verteidigen etc. Ich kriege den Articul von Jesse Jensen*, mit dem ich telefonierte. Ist ganz schön deprimierend, alle wollen Friede Freude Eierkuchen und die ehemaligen Dissis sie stören ja nur. Man geniert sich, wenn man an uns denkt und das mag man nun gar nicht. Demnächst ist alles möglich! Berghofer* ist sowieso schon an der Spitze einer Stuttgarter Firma, warum nicht die anderen auch. Wenns was zum Abhauen gäbe, würde ich gehn. Ein Land meiner Wahl ist nicht vorhanden, weil ich ein Sprachmensch ja bin.

Den Articul kriege ich also. Dergleichen ist aber auch nicht dicht gesät und sie haben auch schon Ärger mit den Chefs ihrer Zeitung, die netten Jungs da vom Feuilleton. Es ist eben zum Kotzen mit denen Menschern. Und Christa sollte sich schämen anstatt die Freiheitskämpferin noch zu mimen. Eine arme Verfolgte. Man kann wirklich nicht soviel essen, wie es zum Kotzen gäbe. Und wenn es mich traurig macht, bin ich dumm.

Erdbeben ist schlimmer. Zum Beispiel im Iran. 30.000 Tote heißt es nun schon.

23. Junius 1990

Von Herrn Greiner hab ich schon einen Articul aus der ZEIT, klebt hinten in diesem Buche. Also, ich will mich nicht mehr mit diesem Blödsinn befassen und es so locker wie Jochen sehen, mich freuen, daß ich ein freier Mensch bin und meine Meinung sagen kann, wenn ich will. Schreibe aber den Jungs von ZEIT und FAZ noch einen Soli-Brief, damit sie nicht nachlassen in ihrem Bemühen, hier nicht alles zu vermengen und unter den Teppich zu kehren. Man soll die Bücher wieder beurteilen sonst nix. Basta.

Schönes durchwaxenes Wetter. Die Bauern fahren ihre 1. Miete*. Die aufm Deich.

War ein bißchen traurig, wohl weil ich mich von Christa nun gänzlich getrennt habe. War ja auch nicht die real existierende, denke ich mir. Nun ist Schluß und ich will davon gar nix mehr hören. Ratsch und ade! Hab schon ganz andere Leute verloren. Bernhard zum Beispiel. Der eine zu rechts, die andere zu links – was wolln sie denn eigentlich, Frau Kirsch? Ratsch und ade!

24. Junius 1990

Goldstücker* will von Brighton wieder nach Prag. Sie suchen noch ein Häuschen oder eine Wohnung. Er war schon an der Uni in Prague und redete da zu denen Studenten. Es ist Sonntag und hat die ganze Nacht in ihn hineingeregnet. Die Bauern fahren ihre Haupt- und Futtermiete, so viel Regen wollen sie nicht. Gestern war Mittsommernacht. Sehr hell und Reste vom Abendroth im rostigen Ton noch kurz vor Mitternacht hier gesehen. Der Igel Hinkepott lief hier herum. Weite gefährliche Strecken. Er bekommt immer ne Dosis Katzenfutter, damit er bei Kräften bleibt. Holt es sich ab. Hunger zähmt doch gewaltig. Überlagert die Scheu.

Gruša hat mir 1 Bündel Gedichte geschickt, als ich danach fragte. Sie sind so traurig. Sie sind so lustig – ich ginge gleich mit ihm in den Kleinen Wannsee ersaufen. That's true, wirklich wahr.

(Eingeklebter Artikel Jens Jessen in der FAZ vom 16.Juni 90: »Auch tote Götter regieren« Streit der Intellektuellen auf einer Tagung in Potsdam«)

Den hat mir Kurtchen geschickt.

25. Junius 1990

Diesz hier kam heute mit der Post. Sehr lustig, diese Streiterei. Der Rhetoriker Jens hätte gut ins Kulturministerium gepaßt. In allen möglichen anderen Blättern ist auch was. Sehr gut in der Saure-Gurken-Zeit! Kann breitgetreten werden in jede Richtung. FAZ und ZEIT sind sehr gut, für die ehemaligen Dissis Balsam. Weil wir das ja besonders mißtrauisch sehen, wenn hier jeder mit jedem ins Bett strebt. Wir sind dabei unangenehm wie Zaungäste da bei diesen Hochzeiten. Ist klar.

Morgen fahren wir nach Helgoland. Sehr nett. Ob wir seekrank werden? Wahrscheinlich nicht. Die Tabletten dafür hatte ich sowieso längst verschmissen. Hatte mal welche fürs Kattegat. Weck sint alle. Post von Thochen*. Sieht so aus, als würde sie wirklich kommen! Würde mich sehr freuen.

Der schottische Pianist war am Nachmittag da, ein sehr netter Junge. Schwatzten alle schön. Dann fuhr er zum nächsten Konzert nach Kellinghusen.

26. Junius 1990

5.50h, am Reisetag nach Helgoland! Ich habe schon das Hündchen geführt, die Katzen gefüttert. M. und W. schlafen noch. Das Wetter scheint netter zu werden. See you later!

28. Junius 1990

Wieder auf dem Festland! War alles sehr hübsch, aber die Insel behagt mir nicht so aus mancherley Gründen. Butterfahrten besonders und weil es nix Ehrwürdiges gibt bey denen Gebäuden. Felsen und Lummen und Alke, Luft, Lage und Blumen natürlich beliebt bei mir, keine Frage. Ist aber auch gut, wieder hier zu sein, schon wegen schlechter Betten in der kleinen Pension. Schwamm drüber oder Streusand auch drauf. O, eben mit Iris Paetzke*, der Lektorin, telefoniert umb Jiří Gruša und sie hat die Gedichte und sie findet sie auch wunderbar. Wir sind so verblieben und ich habe DVA etwas geködert, weil Gruša erst im übernächsten Jahr sonst hätte frühestens kommen können, daß ich mein nächstes Buch etwas zurückstelle, wenn Gruša dafür sich nicht anstellen muß, und daß ich den Herbst nehme und sie vorher Gruša machen auch mal wieder zur Buchmesse komme, mit Gruša täte ich das. So waren sie entzückt. Und mir isses nur recht, habe ich noch ein bißchen mehr Zeit, weil ich ja nun erst mal wieder einen Articul schreibe etc. Na wunderbar isses so.

Serke rief an wegen was anderem, sagte, daß Gruša ganz glücklich schon wäre. Bravissimo!

Naantali
Da herrschte ein altmodischer
Sommer die weißgestrichenen Häuser
Schwitzten Harz in der Sonne
Bootsstege grauer als Menschen
Es verabschiedeten sich die drei
Schwestern der Kater vom Pfosten des
Tores sah ihnen nach in die Zukunft.

Plötzlich hatten die Bäume wildere
Farben es strebten die herzschönen
Blätter säntlich zu Wasser und Schwäne
Sammelten sich in den Buchten.
Auf der Veranda erschienen
Unerwartete Pilze und Beeren während
Tagpfauenenaugen sich sonnten.

Stand gestern wohl in der FAZ und ist ein sehr schönes Gedicht, wie ich es so gemacht hab. Ist auch eine wunderbare Ecke, dieses Naantali, und ich sehe noch alles!

29. Junius 1990

Ich wollte den Jungs in der FAZ ja gerne auch noch einen Articul schreiben zur Gesamtdeutschen Grausamen Lage, aber es fällt mir recht schwer. Weil es auch alles sehr kleinkariert doch zugeht bei diesen Aktivitäten und ich will nicht gegen die eitlen Idioten antreten und irgendwen mit meinem schönsten Zorn überschütten – ist auch schade um die Zeit, die man da wirklich zerschwendet.

Wir machen eine kleine Fastenkur von 6 Tagen wie im vergangenen Sommer oder Ende des Winters, das ist sehr gut für den inneren aber auch äußeren

Menschen. Ich glaube aber gar nicht, daß ich einen Articul schreiben werde. Es ist ein zu großer Schwachsinn. Habe alle Zeitungen nochmal gelesen. Alles Bleedsinn! Werden sich alle noch wundern, besonders im PEN, wenn da die Idioten erst mitmachen! Die wollen sich nämlich doch lieber vereinigen! Alles aus dem Porno-Gebiet! Deshalb will man die Dissis nicht daneben stehn sehn!

30. Junius 1990

Schade, schon isser zuende, der Junius. Die hellen Nächte werden dann kürzer. Sehr schöner Tag! 2. Fastentag. Mit Spaziergängen und ein bißchen Ruhe, aber auch leichtere Gartenarbeit. Post und lesen. Sehr gut! Man trinkt Wasser, 1mal Tee, 1mal »7-Kalorien-Brühe« o.ä., 1mal Apfelsaft. Das ist alles. Sehr viel Wasser soll man trinken. Machen wir nun schon zum 3. Mal. Bißchen Sport kann man auch machen.

1. Julius 1990

Nun stehn sie schon wieder Schlange in der DDR, um das Westgeld sofort zu erlangen! Sie können nicht bis Montag warten. In Berlin machte 1 Stelle schon 24.00h gestern auf, da haben sie die Scheiben eingedrückt und sind in Ohnmacht gefallen! Dies ist wohl die Vereinigung, das andere zählt nicht, Wahlen und Verfassungen, da kümmert sich nun keiner mehr drum. Wenn sie nicht arbeitslos sind. Aber Westteuerung kommt dann ja auch, die sie vorher nicht hatten. Halten sie auch erstmal ne Weile aus. Alles aus dem Schwachsinnsgebiet.

Es gab wieder Unwetter über Nacht, besonders am Bodensee. Hier hat es 2mal gedonnert, als einer die Tür öffnete, war Robert sofort im Bett neben mir, der große Junge! Stieg über mich rüber, legte sich in Wölfchens leeres Bett. War wie im Märchen! Nur, daß ich nicht mehr so schön bin.
Klagenfurt: Birgit Vanderbilke* oder so ähnlich kriegts als ehemalige DDR-Bürgerin, was eine sehr schlechte Entscheidung sein soll. Der Rumäne* hätte es kriegen müssen, kriegte es aber nicht. Andere hatten veröffentlichte Texte gelesen. Alles soll sehr sehr mittelmäßig gewesen sein. Pechsache. Ist wohl langsam Zeit, Schluß zu machen mit diesem Lesen dort um Tod und Leben oder wasses nun ist.

3. Fastentag überhaupt ganz absonderlich nett. Man wird high vom Wassertrinken! So als hätte man 1 Capi gefressen. Mindestens. Habe sogar einen Text für die FAZ angefangen, nachdem ich vorher Prosa machte. Moses hatte noch einmal junge Riesen zu

Gast, haben gut ihre Zeit verbracht. Ich kochte was und durfte/wollte nicht kosten. Die Bauern sind dabei, ihr Heu reinzufahren. Schlechtes.

2. Julius 1990

Schöner bunter Himmel wie bisher. Den Bauern regnet es dauernd ins Heu. In unsere 3 Händevoll im Garten ja auch. Hab gestern, nachdem das Wassertrinken mich high gemacht hatte, doch noch 1 Articul für Jesse Jensen angefangen. Die Jungs brauchen auch unsere Soli, das ist gewiß. Wenn es was wird, tu ich es sehr gerne.

War sehr schön mit diesen 3 Menschern von der Insel zum Wege zum Bahnhof Herzhorn, in den sie nun eingezogen sind. Wo wir demnächst hinwollen und auch auf die Insul.

3. Julius 1990

Immer noch Schauer, die Bauern machen Silage, weil es mit Heu nicht gelingt, ins Trockne zu kommen. Immer heißt es »unbeständig, Gewitterböen«. Aber man konnte sich doch mal ne Zeitlang in der

Sonne niederlassen, was den Mensche maßlos erfreut. Mühte mich wieder am Zeitungstexte! Diesz ist alles zu schwer für mich. Mit Kunert telefoniert. Ihm gesagt, daß wir alle ihn für seinen schönen Articul* sehr lieben! In der Presse geht es übrigens weiter mit Auseinandersetzungen umb Christa und die DDR-Literatur überhaupt. 5. Fastentag. Wir hängen morgen noch einen dran.

4. Julius 1990

Moses will früh gleich nach Heide hin, um die Fahrschule mal wieder zu leisten. Gerade fährt hier wohl der Bus noch, noch 3 Schultage, aber so genau weiß man es nie. Will mich heute noch einmal mühn vor die Zeitung! In Albanien gab es jetzt auch Botschaftsbesetzer*! Sie flüchteten in mehrere Botschaften, es wurde auf sie geschossen. Tote. Die Chineser lieferten aus. In 11 Botschaften befinden sie sich. Auch Militär soll geflüchtet sein. Verhandlungen über Ausreise bestehn.

Böcke für Gärtner
Sapperment, wenn der oberste Zensor Ost heute als Berater für einen Buchverlag West salonfähig ist, dann wird H. Kant, dem z.B. Franz Fühmann das Zugegensein bei seinem Begräbnis per Testament noch

verbot, morgen PEN-Präsident in Darmstadt schon sein. Die sanften Rhetoriker, die großmütigen Vereinigungsmeier aus dem Kulturgebiet, sie fühlen sich höchstens gestört durch ein paar Dissis von Anno Karo, neuerlich ein paar zu jungen Männern von FAZ, ZEIT und taz. Alle sind richtig schädlich und manche heißen gleich so und versaun die Neue Einfachheit, jedwede Freude. Son nervendes Gefühl, von Spannern umgeben zu sein. Die Dissis hätten lieber erstmal durchhalten solln. Die stellen ein Handikap dar. Weil sie nicht mitmachen wolln beim christlichen Unterdenteppichkehren. Im Gegenteil, die zerrn noch was vor oder dekorieren die Beulen – isses denn möglich. Sind der Dorn im brüderlichen Fleische, machen mit bei der fiesen Campagne. Sind unangenehm.

Etwas pervers ist ne Vereinigung immer, aber bißchen Obacht muß man schon geben, wer mit wem, weil sonst übers Jahr doch nicht H. Kant PEN-Präsident Darmstadt ist, sondern E. Neutsch*, den sie dann kennenlernen. Und in der vereinigten Akademie der Künste regieren – nein, das möchte ich den Abonnenten ersparen, gleichfalls, wer den Laden vom VS* dato dann schmeißt. Wird sich selbst der noch wundern. Kann man auch gleich überall ne Parteigruppe SED/PDS mitlaufen lassen. Empfehle aber, den »Zauberlehrling« zu lesen. Hol mer der Debel, vieles jetzt sowieso grob durcheinander im Zwielicht der Städte. Es wirken ja jetzt schon die besten Kader

der alten DDR-Universitäten als Gastdozenten in Donaublau oder bis Kiel. Es bringt die Samariter-Mentalität einfach mit sich. Oder den Wendehals in seinem Lauf – Sapperlot, ich will meinen braven Esel und meiner guten Nachbarn Ochsen nicht schmähn. Und obgleich es mir abartig vorkömmt, manch unbegreifliche Unsinne mitanzusehn, auch nicht gerne die Blumen meiner Feder hin vor die Säue kippe, hoffe ich noch auf Gärtner für Gärtner. Weil ich sonst weiter nach Norden drifte wien x-beliebiger Eisberg.

⋆

Alles aus dem Gebiete der Fastenkur! Allerhand allerhand. Sagte da der Elephant und verschwandt. Abgeschickt. Kaum war es weck, Post vom PEN. Unglaublich dumm sind sie da im Präsidium, weil und obgleich die uns austricksen wollen. Walter Jens sagte zu Hermlin bei der Westberliner Akademie (Kremehütchen* stand daneben): »na, nun haben wir es doch der Mafia Kunert, Kirsch, Schädlich gegeben!« Gemeint war eine Pen-Adresse in der Zeitung, die Jochen mir am Telefon vorgelesen hat. Und so weiter und so weiter. Jetzt sollen wir ehemaligen DDR-Menscher hin zum PEN kommen und sagen, wer uns aus dem Ost-PEN aus welchen Gründen nicht paßt. Vor der Vereinigung. Ich bin aber weder Gottvater noch 1 für die Selektionen zuständiger, außerdem isses höchst undemokratisch gegen die Mitglieder. Ich glaube, man kann bloß austreten, was die auch wollen. Aber erst noch Rabbatz machen, An die große Glocke, wenn wir die Mafia schon sind. Beim DDR-Schriftstellerverband muß ich auch noch mal deutlich sagen, daß ich nicht ihr Mitglied bin. Sie schicken dauernd irgendwelche außerordentlich lachhaften Briewe. Legitimieren sich noch damit oder verbessern ihr Image. Durchsichtige Gründe sinds jedenfalls. Alles Quatsch und Sherrybrandy!

5. Julius 1990

Nachher wird mit einem wunderbaren grünen Apfel das Fasten gebrochen. 10h. Abgenommen haben wir auch, wenns auch nicht direkt darauf angelegt war. Nahezu 4kg bei mir. Wiege nun 56 kg. Mit Kunert gestern noch ne neue taktische Variante besprochen. Er hatte vorher auch schon mit Jochen telefoniert. Wir fahren dorthin zu denen Präsidialmitgliedern vom PEN. Treten gemeinsam auf, eben als Mafia. Lassen uns nicht etwa einzeln vernehmen. Ob das überhaupt vorgesehen ist, geht aus der verschwommenen Einladung absichtsvoll gar nicht hervor. Wir haben dann jeder einen vorbereiteten Text, der am anderen Tag sowieso in der FAZ dann erscheint.

Diesz ist alles mit der Zeitung schon geklärt. Selbst wenn Herr Jens, der dann dabei ist im Präsidium gerne alles so hätte wie früher in der DDR, kann er nix davon verhindern. Das ist der Unterschied. Und wir sagen und lassen drucken, wie undemokratisch der PEN sich gebärdet und machen einen Essay über das Pharisäertum oder dergleichen. Ist natürlich hart, daß man schon wieder einen Articul fabrizieren muß, aber es ist eben gerade mal ne große Aufwühlung und Polarisation im Gange. Alles sortiert sich und man sieht nun deutlich. Die Bundis aber sind feige, keine Unterstützung von Cremehütchen oder Delius* – überhaupt hat noch keiner gekräht. Müssen sie ja auch nicht, aber die geben so gerne mit ihren 68er-Erfahrungen an. War dann wohl auch nicht so doll. Und die, die so wacker sein wollen im PEN-Präsidium, Margarete und Yaak, die sind auch echte Pflaumen. Diesz PEN-Amt ist ihnen was Hehres, das wollen sie behalten. Mit Müh und Not sind sie dahin gelangt. Sind immer noch ganz aussem Häuschen, daß sie so ehrenwert sind. Naja. Irdisches Vergnügen. Sehr verdrießlich dieser neuerliche Articul. War so befreit gestern und nun!

6. Julius 1990

Wir versinken im Moor! Es gießt und gießt! Im Garten eine mittlere Seeplatte, auf den Wiesen rings, auf dem Deich aber isses schön trocken für Esel und Schafe.

Später wurde es fast aufregend noch. Mit der Post kam die Zeitung, die FAZ zum 2. Male, haben die für ne Zeit abonniert. Ich sah, daß mein Articul nicht drin war. Ich ans Telefon. Sie hatten gestern alles gesetzt, die Literaturabteilung vom Feuilleton, sorgfältigst Correctur gelesen, worum ich gebeten hatte wegen meiner seltsamen Orthographie, sie liebten den Articul, aber in der Redaktionssitzung gab es starke Bedenken. Die ordentlichen spießigen Menscher konnten diesz nicht verkraften. Ich sagte, diesz ist ja fast wie beim Neuen Deutschland, aber die Jungs sagten, sie würden nun in der nächsten Sitzung in 5 Minuten gleich kämpfen. Ich sagte, sie könnten von mir aus ne redaktionelle Bemerkung ja machen und so weiter. Dann klappte es auch. Sie waren glücklich, ich aber auch. Denn eine andere Zeitung wäre für diesen Zweck nicht so toll gewesen. Hier erreiche ich die besser, denen ich auf die Füße doch trete. Treten will. Bravo.

7. Julius 1990

Die ganze Nacht Sturm und grobe Niederschläge, nun ist es fast windstill. Sehr schöne Farben des Himmels.

Jochen rief an, mein Articul ist also drin. Noch dazu die ebenfalls schöne Untermauerung, nämlich Loests Interview von gestern im DLF über seine Stasiakten, wo er mitteilt, daß Höpcke = Stasi natürlich war. Sehr großartig alles. Die Jungs von der Feuilleton-Redaktion sind also recht großartig. Tragen alles schön zusammen. Nun kann ich der Post mit der Zeitung (ca. 14h) beruhigt entgegensehen. Jetzt isses 10.00h. Wir sprachen noch sehr hübsch. Eines Tages müssen wir aber raus aus der Schlamm-Schlacht. Bald. Und was Ordentliches wieder betreiben!!! Doch itzt blieb uns nix Anderes übrig.

Mittags kam das Blatt hier bei mir an und ich war es zufrieden. Ein Franziskus* von Barbieri guckte in meinen Text, als wolle er sagen, isses denn möglich, was nun wieder los is. Mein fleißiger Articul zeigt wohl den Ernst der Lage. Ich klebe meine Suada hier ein. Gleich.

8. Julius 1990

Langsam wachsen uns hier wieder Schwimmhäute und Kiemen. Fortwährende Niederschläge in der Natur. Ein Feuchtigkeitsfilm auf allen Dingen auch schon im Haus wie in den Tropen. Alles quillt und ist glitschig.

In Albanien die Botschaften voll. 2.000 Menschen in der bundesrepublikanischen Botschaft. Demos gibt es auch immer wieder. In Moskau vorm Kreml, wo Parteitag stattfindet, Demos von Chernobyl- Geschädigten. Für die es immer noch kein Konzept gibt.

Heute ist das Endspiel der Fußball-Weltmeisterschaft, hoffentlich gewinnen die Deutschen nicht. Besser wär Argentinien.

Nette Hausarbeiten. Den Wintergarten geputzt. Draußen fast den ganzen Tag Regengesprühe. Blumen umgepflanzt. Nun müssen noch die Clivien an die Reihe kommen. Wenn es draußen trockener ist. Aus 1 Topf mindestens drei machen. Alles schöne geblüht habende Pflanzen.

9. Julius 1990

Vollmond war (aufm Papier), vielleicht verändert sich nun das Wetter. Die Fußball-Weltmeisterschaft wurde auch noch gewonnen, isses nicht furchtbar. Und Walter Jens kommentierte anschließend als Kenner! ausführlich alles im Fernsehen. Na, das hilft aber auch alles nicht mehr. Wer mit der PDS frühstückt, hat seinen Kredit doch verspült. Ein Angeber.

Kalt war es den ganzen Tag. Allerhand Bücher der Botanik studiert. Bäume. Die Clivien vereinzelt und neu eingetopft. Riesenarbeit. Ich hätte 20 Töpfe herstellen können. Mußte mich jedoch beschränken. Noch anderes umgetopft. Sturm machte sich auf. Unterhalb unserer Warft steht das Wasser 2 Fuß hoch. Die Nacktschnecken sind groß wie Ratten und arbeiten bei bedecktem Himmel Tag und Nacht. Nix bleibt, was sie mögen. Alle Pflanzen längst weck, die ich setzte. Astern und Kräuter. Kann man sich wirklich sparen, wenn es nicht mal wieder einen härteren Winter giebt. W. mußte überraschend zum Zahnarzt. Moses hat noch theoretische Fahrschule. Heute mit so wenig Fehlern, daß er die Prüfung geschafft hätte, wenn es sie gegeben hätte. Sehr stabilisierend!

10. Julius 1990

Es ist wie kurz vor der Sintflut. Das Wasser steht fußhoch in unserer Ebene, die Vertiefungen sind Wiesenteiche, eine ganze Seenplatte. Die Kühe versinken zentimeterweise. Rosmarin-Kübel, die Pampelmuse, die Agave, mußten vor dem Ersaufen gerettet werden. Der Granatapfel steht schon im Zimmer und erholt sich zusehend. War alles zu feucht und auch zu kalt. Der Aralie macht es nichts aus, sie ist eine große Säuferin und hat auch nicht gerne ganz steile Sonne. Seewetterbericht im Radio drin. Das Stücklein gleichen Namens muß auch mal wieder fortgeführt werden. Ist alles liegengeblieben wegen dieses blöden

Articuls und anderer Inanspruchnahme. Heute aber kommt Peter Graves von der Uni Leicester umb ein geringes Interview. Er macht mit Familie hier in der Nähe Ferien. Mal sehn, was diesz für ein Mensch ist. Und morgen könnte Helga Paris* kommen. Versuchte, sie anzurufen – es ist unmöglicher als früher, wo die Leute noch Angst hatten zu telefonieren und sich abhören zu lassen. Alles verrottet.

Interview ging prompt über die Bretter. Peter Graves war natürlich ein netter Einwohner der Insul Brittanien. Schickt dann den Text zwecks Überarbeitung her eines Tages, wenn er fertich is.

11. Julius 1990

Ob Helga Paris nun schon auf dem Wege zum Bahnhof ist? Ihre Katze gerade gefüttert hat? Na, dann kann sie bis Nachmittag durch das schöne Mecklenburg fahren. Nix Genaues weiß man nicht, man wird jedoch alles sehen. Sie wird sich schon durchschlagen, denke ich mir. Mal sehn, ob es heute weniger regnet, wie es im Wetterbericht hieß.

Ja, es regnet überhaupt nicht. Wind und eilige fliegende Wolken. Mitunter ein plötzlicher Schub Schwüle, dann wieder Kühle. Die sehr schönen Farben ringsum, die grünen Schatten der Wolken über den smaragdenen Wiesen immer sehr großartig zu sehen für den, der die Augen an rechter Stelle doch hat. Schon mit Jochen geplaudert, welcher Rainer getroffen hatte und davon angekränkelt schon war. So geht es mir auch. Stets, wenn ich nur die entfernteste Berührung hatte, etwa durch einen Brief. Wie ein Einwohner eines fremden unguten Sterns wirkt er auf einen noch stundenlang ein. Schutzräume braucht man da doch. Jetzt will ich mir doch die Haare noch waschen für die Meisterfotos von Helga Paris. Es ist gleich Mittag.

13. Julius 1990

Sehr hübsch war alles mit Helga. So wie mit Elke*. Wir sind gerudert zum Fährhaus und haben furchtbar viel Schollen gefressen, umhergewandert durch sämtliche Moore mit nassen Füßen, Sonnentau, Moorlilien, Wollgrasreste, Glockenheide. Sehr schöne Gänge. Teilweise mit Robert und Moses. Schöne Gespräche über Gott und die Welt, viel auch die Welt. Almerica und so weiter. Nachher karren wir Helga nach Heide. Ist aber auch schön, wenn hier alles wieder alltäglich läuft. Selbstverständlich. Habe auch große Lust zu eigener eigentlicher großartiger Arbeit.

Haben Helga Paris zum Zug gebracht. War ein guter Besuch, die Diskussionen auch nützlich. Noch

1 dicker Hund: Christa hatte zu entscheiden, ob Janka* oder Markus Wolf auf dem Alex danach sprachen, weil J. mit W. nicht wollte: wie immer auf der Seite der Mächtigeren..... Die Stasi siegte auch hier. Es ist Wahnsinn.

14. Julius 1990

Überall sehr warm, bei uns nicht. Aber sonnig ebenfalls. Diesz ist doch was. Es ist kurz vor sechs Uhr. Bin schon mit Robert getrabt. Gleich hole ich mir Koffie. Mache Post. Ist alles liegengeblieben. See you later, James Green Alligator.

Nun habe ich viel Post erledigt. Werde mich der eigentlichen Arbeit auch zuwenden, wozu ich nicht kam in den letzten Tagen wegen Besuchs oder diesem zu schreiben gewesenen Articul. Noch einen in einer Woche, dann hab ich genügend im Kulturkampf gewirkt. Und noch zum PEN fahren mit der restlichen Mafia. Für 315,- DM, was ich gern retour hätte vom PEN, diesen Blödmännern und –frauen. »Dumm und dämlich« hieß ein Articul von Greiner über den PEN-Aufruf zu Christa Schaf.

W. hat den großen Eselstall ausgemistet, da die Drossel nun ausgebrütet hatte. Ich habe allerlei Mist im Garten verteilt, schöner abgelagerter Eselsmist.

Darnach haben wir Eis gegessen. Allesamt. W. muß noch zum Orgelspielen. Diesmal aber bey einer Hochzeit. War ein sehr schöner Tag heute. Kamen entzückende Bücher. Inger Christensen*: Brief im April. Von Hiltmann* allerlei Malerbücher, Richard Oelze* mit Zufallsprodukten etc. Eine sog. Europäische Vierteljahresschrift, »Individualität« geheißen. Ganz hübsch, diese Probenummer. Genna Aigi* ist drin! Die solln mir da mal die Adresse schicken! Bloß: wir haben keine gemeinsame Sprache! Er kann nicht Englisch, ich nicht Französisch, mein Russisch ist gänzlich verbrannt. Dann noch die Horen mit katalanischer Literatur.

15. Julius 1990

20° an der Küste, 30° im Südwesten. Das ist bei meinem Verlag. Sollen sie schwitzen. Die geschätzte Lektorin. Der ehrenwerte Verleger mit seiner Sachsenzeitung am Hals, die er denen aus Patriotismus druckt. Was ihn mehr interessiert als sämtliche Bücher. Ich lästere gern: bin ich nun in einem Zeitungsverlag? Heute Federwölkchen wie von denen Worpsweder Malern. Sonntag. Wurde schön warm, 25° im Schatten. Mehrfach gesonnt. Mit den 3 Katzen Eis gegessen. Was getan. Rohstoffe. Seitenlang.

Im Garten auch noch gewirkt. Rosen beschnitten. Absenker gemacht, die nun täglich mehrfach gegossen werden müssen. Bis sie Wurzeln haben für den ankommenden Winter.

16. Julius 1990

Nebel, dahinter der blaue Himmel. Die Kühe rufen darin. Loulou föngt sich fast jede Nacht eine wohlschmeckende Maus. Die Bauern würfeln ihr Heu. Nun gelingt es ganz gut. Blau muß es aussehen. PEN-Antrag für Hilbig und Kolbe* gemacht. Post auch noch etc. Marmellade from schwarzen Johannisbeeren gemacht. Sehr schön. Wiederum 20 Gläser, es ist aber noch welche vom vorigen Jahre vorhanden. Edeles Gut.

17. Julius 1990

Sanft bewölkt isses. Die Miete auf der Schulwiese ist fast vollendet. Axel hat sie noch bis Mitternacht platt gefahren. Er ist sehr verläßlich und der Bauer vertraut ihm. Waren in Elsdorf, um für Hiltmanns eine schöne Emaille-Schüssel aus Mexico zu holen, worin wir das Salz morgen thun. Brot haben wir ebenfalls schon. Und noch ein Töpfchen für einen Blumentopf-Ableger. Sog. Herzblättchen, eine Succulente, welche ich ziehe. Kunert telefonierte mir durch, daß Heiner Müller Präsidente der Ostberliner Akademie geworden nun wäre. Ich loch müch kronk.

18. Julius 1990

Fortwährend Erdbeben auf den Philippinen. Mit Nach- und Vorbeben. Ansonsten Nachrichten fast nur deutsch-deutsch. Kohl und Gorb. Im Kaukasus etc. Jeder lobt sich außerordentlich. Der Landwirtschaftsminister aber, er ging in Urlaub, als da alles zusammenbrach. Manches ist unbegreiflich. Sie sind außerordentlich unfähig. Das ist schon etwas peinlich.

Heute fahren wir nachmittags nach Herzhorn, wo Hiltmanns auf einem stillgelegten Bahnhof nun wohnen. Sehr gespannt. Die Schwerlastzüge sollen sehr rumpeln. Da schwankt dann alles im Moor. Hoffentlich gerät Kowalski da nie unter die Räder.

Mariehamn aber: nachts um 3: NNW 3, 13°, 1007. Ach Mariehamn mit meim Bobtail und der netten Person. Mit ausfahrbarer Hundeleine. Grüner.

Nachmittags also bei Hiltmanns in Herzhorn gewesen. Sehr schöner Bahnhof! In Bahnhöfen und Schulen ist gut leben! Da kriegt man ne gewisse Großzügigkeit wie in Landhäusern und Schlössern, die man sich sonst vom Geldbeutel her nicht leisten kann. Außerdem isses in Herzhorn skurril, wie die Züge in die Weite stets brausen, während man selbst schön zu Hause ist. Sehr schönes Haus! Königlicher Bahnhof von 1900. Hyun-Sook* hat ein wunderbares Atelier! In der alten Gepäckhalle mit großartiger Holzdecke! Licht wie im Tempel. Sehr sehr gut. Wunderbare Objekte standen herum. Alles z.B. in der Farbe Anthrazit. Kleine Eierkohlen in einem getönten Schuhkarton und Garn in genau dieser Farbe obenauf – man hätte es sich fortwährend ansehen können. Sie haben mir noch das Vergolden beigebracht. Sehr gut isses, ich brauche bloß noch ne frische Emulsion, dieses lackartige Zeug, was ich habe, ist schon zu alt. Aber dann vergolde ich alles, was sich mir in den Weg stellt. Sehr nett wird es, bloß muß ich erst bis nach Hamburg! In Heide gibt es das kaum. Höchstens beim Steinmetz, der ja die Grabsteiner vergoldet.

19. Julius 1990

Kalt und trübe doch sehr gemütlich. Muß bald meinen Redebeitrag für die PEN-Anhörung machen. Darnach ziehe ich mich dann vom Felde der Kulturpolitik glänzend zurück in meine eigentliche Materie, worauf ich mich sehr freue. Was für diese PEN-Erklärung getan. Aber nun fehlt mir die Charta, wer hat die für mich. Hab beim PEN angerufen, die schicken sie mir. Könn sie mal sehn, wie ernst ich das nehme, haha. Moses war schon zur Fahrschule. Und gestern fuhr er unser Auto rückwärts den Gartenweg raus. Kann er alles schön ruhig. Nachher nochmal meine Mafia-Mitglieder anrufen. Daß sie auch spuren. Draußen heute nur 17° über Mittag. Diesz ist nicht zu viel. Wie im Herbste mutet es mich schon an.

War fleißig. Auch und besonders am eigentlichen Texte. Moses zählt gerade die Schafe. 13 Stück sind es wie immer. Hab schon die Töpfe draußen gegossen. Und etwas gedüngt. Nun gehe ich in die Küche. W. will ne Quarkspeise uns machen. Kontrollieren. Geht über Probieren. Las schöne Texte von meinem Freund Robert Walser*.

20. Julius 1990

Draußen etwas Nebel, dahinter die Sonne. Sehr erfreulich, gestern war es mir viel zu kalt. Und jetzt hol ich mir Koffie. Sehr gut. Post schon erledigt. Nun kömmt die eigene Kunst dran. Später noch der Articul. See you wiederum later. Draußen geht der Kater spazieren. Umschreitet sein Reich.

Alles getan. Sehr gut vorangekommen. Articul fast fertig. Gesonnt, die Zeitungen gelesen. Sehr gute Artikel in FAZ und taz. Mit Jochen telefoniert. Danach rief Kunert gleich an. Es kam raus, daß wir doch nicht zum PEN hinfahren. Es kommen ja nur 7 Figuren, das sieht dann alles zu eifrig aus. Mir isses sehr recht, ich wollte ja von Anfang an nicht hin, war Solidarität mit der eigenen Mafia. Also nun brauch ich mein Articul, der aber nicht spektakulär, sondern reine Argumentation ist, bloß noch an den PEN hinzuschicken. Und an die FAZ, wo er 1 Tag später dann kömmt. Dann bin ich ein sehr freier Mensch und lasse die Polemik den Rhetorikern wieder. Haha. Und der PEN kann mich sowieso nicht sehr interessieren. Unseren Senf hat er gekriegt. Basta. Sehr erfreut, daß ich in T. bleiben kann. Ach wie gut, daß niemand weiß. So kann ich meins arbeiten. Ach!

21. Julius 1990

Glänzende Aussichten. Mache heute den Articul fertich und dann verschicke ich ihn und dann bin ich aller Sorgen doch ledig und eine freie Frau wieder auf Jahre. Sehr hübsch die Vorstellung ja. Widme mich gern den eigenen Textchen. Die ja auch gemacht werden wollen und sollen.

Ganz fertich bin ich dennoch mit dem Articul gar nicht geworden, aber am Wochende geht die Post ja sowieso nicht ab. Habe lieber an meinen ordentlichen Textchen gearbeitet, diesz war verlockender. Mit Jochen telefoniert, welcher ja erst noch erfahren mußte, daß wir nicht kommen. War es aber auch sehr zufrieden. Na fein! Heute nachts ist das Mauer-Rock-Spektakel* auf dem ehemaligen Todesstreifen da in Berlin. Hoffentlich treten sie sich nicht tot, wenn am Schluß eine symbolische Mauer aus Styropor eingerissen wird.

22. Julius 1990

So, ich bin auf dem Plan, um den Articul fertig zu stellen. Damit ich mich gänzlich befreie. Die Restauseinandersetzung kann dann jahrelang ohne mich gehn. Wunderbarer feuchtblauer Himmel mit meergrauen Wolken sagen wir mal. Sehr weite Sicht.

Schwarzer Peter

Die ehemaligen DDR-Bürger unter den hiesigen PEN-Mitgliedern sind von ihrem Präsidium aufgefordert, von den über achtzig Angehörigen des PEN-Zentrums der DDR diejenigen kenntlich zu machen, welche ihnen unzumutbar erscheinen als früher oder späteres Mitglied eines gemeinsamen PEN. Ich will sagen, daß es ein unzumutbares Ansinnen ist. Weil ich weder Gottvater noch für Selektionen zuständig bin. Wie kann das Präsidium solches erheischen? In einem Land, worin bereitwillig denunziert worden ist. Handelt es sich lediglich um eine ungeschickte Formulierung von Sprachforschern? Will man uns den Schwarzen Peter abgeben oder tatsächlich als Kanalrutscher haben? Bin unschlüssig, wie ich es deuten soll. Solange ich mich jedoch als Mitglied des PEN-Zentrums Bundesrepublik betrachte, will ich nicht nachlassen, als eine von jenen, die aus dem anderen Landesteil kamen, zu wiederholen, daß man zu keinem Zeitpunkt etwas zusammenführen sollte, das sich trotz gleichklingenden Namens in keiner Weise entspricht. Man kann es anhand der Charta des Internationalen PEN leicht beweisen. Es ist den Mitgliedern des PEN-Zentrums der DDR anzuempfehlen, ihren Verein, der unter bösen Voraussetzungen entstand, nun aufzulösen, um nach den Satzungen des hiesigen PEN nun möglicherweise Mitglied zu werden. Erich Loests detaillierte Forschungen auf dem Gebiet eigener Stasi-Akten, wo manch ehrenwertes PEN-Mitglied des DDR-Zentrums als hochgeschätzte Spitzel erscheinen, sie machen solches Vorgehen dringlich. Es gibt die Gelegenheit, nicht zu fusionieren, nur einmal. Eine andere Möglichkeit vorzugehen, sehe ich nicht, weil und obgleich sich im DDR-PEN auch ein paar meiner besten Freunde befinden. Meine Freunde da in einen Topf mit mit Werkzeugen der Geheimpolizei und staatlichen Schreiberlingen – das frißt mir das Herz ab. Ihnen die Umklammerung nicht erneut zuzumuten, bedeutet mir viel. Weil ich ein Gebilde wie dieses PEN- Zentrum Bundesrepublik gern von sonstigen Vereinen ausnehmen würde, seiner Aktivitäten »Writers in prison« wegen zum Beispiel.

Sarah Kirsch dixit.

Bravo bravissimo, alles fertig. Wird morgen abgeschickt. Dann vergesse ich diese ungeschätzten Auseinandersetzungen erstmal. Hab Flagge gezeigt, mehr ist vorerst auch nicht nötig. Austreten kann ich jederzeit noch aus diesem PEN.

23. Julius 1990

Muß gleich den Compositeur erwecken, weil wir noch allerhand tun müssen. Frau von Estorff will uns besuchen. War mal fällig, sie ist ne sehr gute Seele und ich mache ne Ausnahme mal. Geht nicht ohne Übernachtung ab, ist sonst zu weit. Sie freut sich so wahnsinnig, daß ich gar nicht weiß, wie ich das wettmachen kann. Robert wird sich auch freuen, da sie niemals ohne Hund von mir erblickt wurde, wenn ich in Barnstedt war. Wir müssen noch etwas saubermachen und Kuchen kaufen. Hoffentlich ist sie nicht enttäuscht, sie hat ja ein Schloß und einen Schloßgarten dran! Und einen halbverwilderten Park. Mit Flüßchen und Brückchen und Bänkchen. Einer sehr schönen Gutskapelle, in welcher ich las.

Wir haben die Schafe umgetrieben. Moses und ich. Sie folgten begeistert, da sie ihr Stück Deich aufgefressen hatten. Es gab dann wieder Überfluß. Alles geschafft, der Besuch kann kommen. Moses war 2mal baden. Hält den Rekord all seiner Jahre hier, bisher 76mal in diesem Jahr. Weil er so direkt zu Hause ist ohne Schule oder Zivildienst.

Besuch kam, dankenswerter Weise mit Stecklingen von denen Balsampappeln. Seltsamen Gewächsen. Die fehlten.

24. Julius 1990

Loulou schon wieder in meinem Papierkorb. Gestern abend noch mit Jesse Jensen telefoniert. Welcher im Urlaub in der Türkey war. Wo es ihm stets sehr gefällt.

Die Estorffin ist wieder gefahren. 11.00h, nachdem wir noch einen Spaziergang mit Robertchen machten. Durch die Kiebitzwiesen. Die jungen neugierigen Kühe. Nun erhole ich mich ein bißchen.

Nachmittags den Platanen und der Silberpappel neue längere Pfähle gegeben, der Wind blies ihnen zu sehr in die schwergewordenen Kronen. Dann noch den Jonathan, welcher sich vereinzelt hatte, zurückgetrieben. Arwen holte ihn, als er sich ängstigte. Abends noch was gekocht. Spaghetti + Meeresfrüchte + grünen Salat. Sehr nett. Es ist wunderbar hier im Wind. Allerdings fast wie im Herbst. Morgen tue ich wieder was an meinen Prosatextchen, darauf freue ich mich schon sehr. Ein Text genannt »Hinkezeit« ist an der Reihe. So, ich gehe in die Küche hinunter, denn in »Kultur heute« ist gar nix los. Alles bloß Fülm und so weiter. See you later. Erst sehen wir noch »Sesamstraße«. Moses und ich, sie wiederholen die alten sehr schönen Folgen mit Bibo.

25. Julius 1990

Trübe isses mal wieder und es herrscht wohl Geheimnis. Aber ich kann nun thun, was ich will, und das istn großer Gewinn. Mache ich auch glatt. Mein Hinkezeit-Histörchen oder Gedichte. Habe da eins in Arbeit, welches »Herzgewand« heißt. Anscheinend ein längeres solches. Aber es muß sich erst alles herausstellen. Nun aber hol ich mir Koffie. Loulou hat vorhin Welfgen mit einer Jagd hinter einem jungen Zaunkönig her aus dem Bett aufgescheucht. Ich war ja schon aufgestanden. Entweder hat sie ihn mitreingebracht oder er ist in den offenen Fensterspalt selber geflogen. Jedenfalls wurde er gerettet, konnte schon sehr gut fliegen. Zum Dank sangen die Eltern uns sehr lange Strophen, wie es uns schien.

Moses ist zur Fahrschule, die er nicht sehr liebt, aufgebrochen. Morgen will er die theoretische Prüfung versuchen, daß die wenigstens wegfällt. Drücke ich ihm die Daumen.

Die Sonne kommt langsam durch. Etwas Kopfweh. Wetter wurde noch schön. Auch im Garten noch was getan. Sehr nette Post von allen möglichen Menschern. Kirsten* z.B. ist anscheinend dabei, Politiker zu werden. Wenn mich nicht alles täuscht, bei der CDU. Muß ich mal direkt danach fragen. Ich muß mich ja nicht deswegen genieren. Mieraus* schrieben auch.

26. Julius 1990

Nebel. Moses hat theoretische Fahrschulprüfung. War schon 5.15h in der Eider! Das 77. Mal, diese Zahl weist doch auf Glück bei der Prüfung hin, würde ich sagen! Der Nebel wallt. Jetzt fährt ihn Welfgen zum Bus nach Dörpling. Hier fährt ja jetzt keiner, da Ferien sind. Ab 8 muß ich dem Kinde die Daumen drücken. Jesse Jensen rief an, die Articul der Mafia erscheinen am Samstag, wo die Leute viel Muße haben, alles zu lesen.

27. Julius 1990

Die theoretische Prüfung hat er gestern gemacht, gut geschafft! War er froh und wir verbrannten die alten Fragebögen feierlich auf dem taiwanesischen Grill. War ein sehr schöner Tag gestern und heute liegt wieder einer vor der Tür! Nur die Zitterpappeln bewegen sich etwas. Wurde ordentlich heiß! Lag nachmittags in der Hängematte und las Moses' Lieblingsbuch von Herrn Lovecraft. Sehr schön war es. »Die Katzen von Ulthar« zum Beispiel. Morgen soll in der FAZ allerlei von der Mafia wieder zu lesen sein. RAF-Anschlag erneut – ein Staatssekretär des Innenministeriums wurde leicht verletzt. War soviel von RAF die Rede – das provozierte sie wohl.

28. Julius 1990

Gestern Abend rief mich noch Staeck* an, über das Elend in den Köppen da und verkommenen Seelen der DDR. Als die Zeitung später kam, in der FAZ ne sehr schöne Seite mit allerley Articul zum PEN. Sehr gut! Von Vesper* auch ein sehr gutes Stück. Kunert ebenso sehr. War gut organisiert. Seyppel* ist natürlich ne doofe Nuß, aber es gibt ihn eben. Nun wollen wir aber nicht so schnell wieder dergleichen uns abringen müssen!

29. Julius 1990

Der schöne Julius – gleich ist er wieder dahin! Heute regnet es dankenswerterweise. War sehr trocken. Die Schafe sind wieder auf dem Deich. Es ist noch heiß im Schreibzimmer, 24°. Gestern abend rauschten die Pappeln schon wie Regen lange bevor er dann kam.

Ich schreibe – noch bin ich.

Novembergarten
Wasser blüht Kaskaden
Flattern an den Küchenfenstern
Und der Sturm heult als
Werwolf vor meinem

Durchlöcherten Schlaf ißt
Seelenfrieden von mir Tag für
Tag Nacht für Nacht letzte
Dinge liebgehabte
Farben die nun verhüllt sind
Ertränkt erdrosselt zerrissen
Wien zerbrochenes Ufer mein
Abstoßendes Herz ausgesät
Hab ich meinen Zorn in ganz
Feinen Samen in meines
Filzschafs Urin noch gebeizt gegen
Mißgünstige Hüllen dieses
Krätzeplaneten schimmelnd und zum
Erbarmen wenig geeignet. So ich
In der Wildniß doch bin.

30. Julius 1990

Die Kühe riefen im Nebel sich seltsame Dinge zu. Habe fast alles verstanden. Es wurde ein heißer Tag. Erst lange noch etwas getan, an 1 Prosastückchen die grauen Zellen geschliffen. Dann die Schafe noch sortiert, 4 Stück hinterm Haus, 8 oben aufm Deich. Alle hinterm Haus geht schlecht, weil Gawain über den Zaun geht und im Garten Eibe und Thuja fressen könnte. So haben wir nun hier unten alles Damen.

Toula, Mini, Mascha und Elanor. Dies geht ganz schön. Im Augenblick japsen sie aber. 25° herrschen heute. Hab einen »Bilderbogen« gemacht. Einen Tielenhemmer Bilderbogen. Aquarellierte Tuschzeichnung würde man sagen.

31. Julius 1990

Wir müssen nach Heide nun hin. Das Auto zur Inspektion, ich zum Frisöre wohl auch. Lisa besuchen. Moses hütet das Haus. Und die Tiere. Er will morgen nach Föhr.

Es war ein sehr heißer Tag. In diesen Städten kriege ich gleich Kopfschmerzen. Glücklich wieder hier um ca. 13.30h. Erholt. Allerlei Zeitungsartikel, Amery sagt, der DDR-PEN sollte sich auflösen. Haha. So weit haben wir es wenigstens doch gebracht. Guter Greiner wieder in der ZEIT. Die taz hatte den Amery* so weit gebracht. Wir brauchen da nix mehr zu tun. Jesse Jensen aber muß sich noch lange mit dem Miste befassen. See you later. Moses treibt mit dem Boot auf der Eider und liest.

1. August 1990

Moses ist auf die Insul losgezogen. Mit dem Fahr-Rad nach Friedrichstadt, dann mit dem Zug bis Dagebüll, dann mit dem Schiffe bis Wyk. Bey großer Hitze. Fuhr aber 8.00h hier schon ab, da war es noch kühl. So langsam verpissen sie sich und lassen mich allein zurück. W. am 3. Nach einem Dänischen Sommerkurs oder so ähnlich. Trifft er sich mit David Drew und der kömmt dann auf der Rückfahrt hier mit lang. Nebst seiner Frau. Was die wohl für ein Wesen sein mag? Werden wir sehen. Dann.

Hab mit Hyun-Sook telefoniert, mein Baby ist gut eingelangt, sie waren schon weck ans Meer. Amery im Radio in Texte und Zeichen / Äxte und Leichen: sagte, er wäre auch für die Auflösung des DDR-PENs. In aller Trotteligkeit ist er lieber auf unserer Seite. Sehr lustig! Das Präsidium aber bleibt ganz bedeckt und verlogen und vorwurfsvoll auf uns in der FAZ. Hatten es nur so gut gemeint!

2. August 1990

Hoher Luftdruck, Continental-Klima-Hochs, die sehr hübsch sind. Irak fiel in Kuweit ein, anscheinend erfolgreich. Der Dollar erholte sich darob, die

Erdölpreise klettern. Eine brutale Sensibilität! Post gemacht, danach was getan und zwischendurch entzückende Aquareller gemacht auf uralten Stücken von Dr. Müllers Kanzlei-Papieren. Charmante Stückchen, sehr nett, geht so nur mit diesen uralten Stückchen. War ne sehr gute Idee, den Dr. deshalb anzuhauen. Hat es auch sofort noch geschickt! Er will nur 2 Stück gezeichnet/bezeichnet etc. retour. Moses hat ja zauberhaftes Wetter auf seiner Insul! Und morgen macht sich Wölfchen auf nach der Jammerland-Bucht.

3. Augustus 1990

Das Welfgen ist schon aufgebrochen in seine Jammerland-Bucht, es wird wieder sehr heiß. Ich bin nun gänzlich einsam hier, was mich nicht schreckt. Mit Roberto spazierte ich schon, dann machte ich Post und bereitete mir Aquarellpapiere zu, was sehr hübsch ist, mit Schneiden und Kleben erholt man sich gut. Nun aber muß ich was Eigentliches ja tun. Bevor die Sonne mir ins Zimmer scheint und 25° hier drinnen dann sind. Dann geh ich lieber nach unten. Mit Jochen telefoniert, er rief an, wir lachten, daß wir so viel Wirbel geschafft haben in den Zeitungen drin, daß Carola Stern* am Sonntag noch Artikel schreiben mußte. Und daß die BDM-Führerin über den Judenlümmel Kunert sich recht geärgert doch hat.

4. Augustus 1990

Um 11.00 h vormittags schon ein Tagwerk vollbracht. Alle Thiere versorgt, Wasser geschleppt auf den Deich, Bettwäsche nebenbey gewaschen, mit Robert früh, als es noch kühl war spaziert bei den mächtig grummelnden Bullen, meine Prosastückchen weiter betrieben. Nun mache ich Post! Ging alles sehr fabelhaft und die Vöglein tirilierten als ich – ja, habe ich auch noch! – sprengte. Die Bachstelzen waren hocherfreut und begaben sich an den Rand des Regners, labten sich da, sahen den Regenbogen. Heute soll es nun außerordentliche Hitze geben.

Ja, es wurden 29°, für uns ne Menge. In Süddeutschland kamen sie bis 35°, nein danke! Noch Aquareller gemacht, sehr hübsche, wie ich finde. Die letzten finde ich immer gut, die früheren nicht. So isses aufm fremden Gebiet. Aber ich bin vernarrt in diese Tätigkeit ja!

5. Augustus 1990

Hat sich etwas abgekühlt, sehr angenehm, fand auch Robert. Die Kühe juchzten die ganze Nacht in hohen Tönen. Sehr hübsch. Das osteuropäische Hoch verliert den Einfluß. Dennoch kaum Regen zu erwarten. Es ist sowieso schon alles vergilbt. Mit Robertchen spaziert. Dabei einen Bullen im Graben entdeckt, dieses den Bauern gesagt. Nun müssen sie ihn rausziehen am heiligen Sonntag. Ist sowieso nicht so einfach, istn großer Kerl.

Hab den ganzen Tag was getan. Material gesichtet in meynen Journalen. Was schwierig ist, weil man durch so viel Schutt durch muß. Weil ich so gern schreibe, so gerne in diverse Hefte, aus reiner Freude. Mich mechanisch trainiere, mich flottschreibe. Auch nicht des Materials wegen. Na und wenn man in diesen Heften dann liest, liest man sich fest als der, der alles erlebt hat. Und fast schon wieder vergessen. Es ist erheblich kühler geworden. Ganz brauchbar. Robertchen sagt es auch. Hab auch noch etwas sauber gemacht. Weil ja schon wieder Besuch kömmt. David Drew and his wife. Aber sie übernachten im Wilhelmshof. Fenster kann ich aber nicht mehr putzen. Hat auch erst Sinn, wenn die Fliegen weniger werden. Oben auf der Seite eines der Aquareller von gestern. Auf dem alten Archivpapier von Dr. Müller. Ach was das für Papier war! Morgen um die Zeit kommen a) Welfgen und b) Moses retour. Und David Drew rollt im Wilhelmshof an.

6. Augustus 1990

Etwas Regen über Nacht. Kann auch sein, daß es noch mehr davon gibt. Im Moment scheint zwischen hübschen Wolken die Sonne. Heute ist Vollmond, da änderte sich schon das Wetter. Daran glaube ich wenn es stimmt. Gearbeitet, auch ein bißchen Hausputz gemacht. Gegen Abend kam Welfgen retour von der Jammerlandbucht. Mit 1 Strohhut per me!

7. Augustus 1990

Schöne Himmelsfarben today. Moses noch auf der Insul geblieben. Bis Donnerstag wohl denkt er sich das. Prielbaden wäre sehr gut. Wenn er dort abhaut, wollen wir noch einmal hin. Wär sehr schön. Wir wollen vom Festland bei Ebbe rüberlaufen. Jochen erkundet schon die Gezeiten. Hoffe, daß wir dabei nicht alle ersaufen. Besteht aber wohl keine Gefahr.

David Drew ist im Lande. Wir haben ihn aber im Wilhelmshof einquartiert nebst seiner Frau. Mal sehen, was diesz für ein Pflänzchen ist. Er verhielt sich immer ein bißchen besorgt und seltsam, wenn von ihr durch ihn die Rede sonst war. Ließ auf ne Kompliziertheit stark schließen. Lasse mich jedenfalls gern angenehm überraschen. O in Bergen sind schöne Konzerte, Griegs, da möchte ich das hören. Im Sommer da an den kleinen Hafen gelangen! Nur im Sommer ist nie nicht was los bei Herrn Göthe! Nächstes Jahr vielleicht mal nach England, so wie es ausschaut. Es regnet. Ich ziehe mir nun sogar noch Strümpfe an.

Ab Mittag wieder sehr schönes aber kühleres Wetter. Wir ruderten über den Fluß und aßen im Fährhaus. Danach noch Kaffee zu Hause und noch etwas geschwatzt. W. ist sie jetzt ins Hotel bringen gefahren. Sehr nette Frau. David verhielt sich besorgt, weil er sie wahrscheinlich sehr gern hat. Ist ne sehr schöne etwas ältere Lady, ca. 5 Jahre älter als ich oder 4 oder 3, wunderbar gerade verblüht, wie ich es großartig finde. Kann ich leiden. Aber müde macht der Besuch doch.

8. Augustus 1990

In Minsk Protestdemos, weil es keine Zigaretten mehr gibt! US-Flotte großen Ausmaßes, Flugzeugträger, unterwegs nach Saudi-Arabien*. Na, hoffentlich wissen sie, was sie tun. Die Zeitungen bereiten die eigene Bevölkerung auf Krieg vor. Wenn, so wird es grauenvoll und so was wie Vietnam. Kann man seine Waffen mal ausprobieren, Kampfflugzeuge usw. Alles brisant, weil es auch um Erdöl ja geht. Wahnsinnig.

Es regnet fast fortwährend. W. wieder zu David Drew gefahren. Er will sie rumkutschen oder herbringen, Musik hören oder so ähnlich. Jedenfalls müssen wir heute zusammen Abendbrot essen, sie haben gestern ½ Zentner Räucherfisch gekauft, der sich nicht ewig hält. Ich werde am besten am Nachmittag schlafen. Kann heute sicher nicht um 20.00 h ins Bette reingehen. Was bedauerlich ist. Habe diesz Schläfchen auf meinem Sofa gemacht. 15 Minuten Intensiv-Schlaf.

9. Augustus 1990

Irak hat Kuwait geschluckt, internationale Truppen auf dem Weg nach Saudi-Arabien. Beim Öl verstehen sie alle wenig Spaß.

Nun könnte Moses mal wieder zurückkommen. Müssen mal telefonieren today. Ich hol mir Koffie. Was getan. Es regnete fast durchgängig. Und am Nachmittag kam plötzlich Czechow* mit Weib und

Kind – gottlob nur für 3 Stunden, die reichten mir aber schon. Was auch passiert, er bezieht es auf sich und fühlt sich zu kurz gekommen. Was man auch erwähnt, er mißt es an sich und diesz macht einen verrückt. Das Kind ziemlich furchtbar und die Frau etwas unsensibel, sonst hielte sie alles nicht aus. Und Wölfchen wollte sie am liebsten noch über Nacht einladen. Was ich nicht ausgehalten hätte. In dem Trubel kam Moses retour. Dessen Rad die 9 Tage nur zerstochen gewartet hatte. Mußte W. ihn von Friedrichstadt abholen. Czechow muß man sich vom Hals halten fürderhin. Hab die Schnauze voll.

10. Augustus 1990

Heute kriegt Moses Besuch, Katja Amthor für 2 Tage. Hoffe, daß sie mich nicht brauchen außer mal was zu kochen. David Drew ist ja auch noch da und Wölfchen muß sich drum kümmern. Und am 24. kommt Thochen. Worauf ich mich natürlich freue, aber von dieser in den letzten Zügen liegenden DDR wird dann auch wieder geredet. Es ist ein Kreuz. Ich will mich aber nicht nur beklagen, denn mir geht es besser als denen, die dort ausgehalten haben. Sie sind zum großen Teil psychisch geschädigt, was nicht übertrieben ist. Himmel, was ist es langweilig auch.

Dies ganze Deutschland ist furchtbar und den Nachbarn ist es unheimlich schon.

Seeblockade gegen Irak wird in Erwägung gezogen. Die Türkei kriegt Göld und stellt die Militärbasen zur Verfügung gegen den Irak. Alles etwas brenzlich. Arabische Liga soll in Kairo gleich tagen.

11. Augustus 1990

Die Katja ist da. Ihr steht auch ein Studium bevor. Sie will Lehrerin werden für kleine Kinder, welche sie gern hat. Ich aber will mit Welfgen und den Engländern nach Seebüll ins Nolde-Museum fahren. Schon 3 Jahre her, seit ich zuletzt dort war und es ist jedes Jahr eine völlig neue Ausstellung vorhanden. Hoffentlich ist es nicht zu voll! Daß man vor Leuten die Bilder nicht sieht! Um 10.00 h wollen wir los. Hab ich noch 3 Stunden, diesz ist sehr gut!

Die Fahrt nach Seebüll ist abgeblasen worden! David Drew rief an, seiner Frau geht es nicht gut. Sie raucht sich nämlich gerade zu Tode. Wahnsinn isses. Sie kann vor Husten nicht schlafen, raucht aber eine Zigarette nach der anderen, wie ich es bisher nur beim verstorbenen Paul Wiens* gesehen hatte. Eu Gott! Na schade, ich hatte mich schon gefreut. Aber wir können es dann ja mit Thochen machen!

Was getan, alte Journale nach »Stoff« durchforstet. Mit wenig Erfolg, hatte schon alles herausgeholt, was mir aber nicht 100% gewiß war. Macht nix. So las ich von vergangenen Tagen. Nix ist umsonst noch gewesen!

Jetzt geh ich mal abwaschen. Welfgen hat heute schon genug getan: Alle Fahrräder heilgemacht. An jedem war noch ein Plattfuß dran. Ob David Drew heute noch mal vorbeiguckt? Mal abwarten. Sie wollen nochmal die Patmos-Kassette hören. Behaupteten sie jedenfalls. Hier erst noch mal Nachrichten. Sieht alles nicht gut aus am Golf. Und die Amerikaner konzentrieren da ihre Truppen zuhauf. See you later James Green Aligator. Ägyptische Streitkräfte nun auch in der Golfregion. Hussein rief zum »Heiligen Krieg« auf. Und er ist auch noch beliebt und angesehen.

Es gab noch diese Suppe mit Maultaschen darin und es warn langer englischparlierender Tisch. Wir erzählten von der taz-Geburtstagsnummer für Jandl etc. David von seinem Strauß mit der Berliner Akademie und Walter Jens. Katja und Moses, alle können sie besser Englisch denn ich. Aber es macht mir ja nix aus. Sonst hätte ich es schließlich noch besser gelernt.

12. Augustus 1990

Seewetterbericht wieder. Ein schwaches Randtief bei den Hebriden – da möchte ich auch hin. Da wär ich sehr gern ein Stein unter Steinen. Und morgen hat Steinn Steinarr* Geburtstag.

Mittag fährt Katja wieder retour, morgen die Engländer auch. Und danach stechen W. und ich glatt in See, um noch die Hiltmänner auf der Insul zu besuchen. Moses kriegt auch noch Jungens-Besuch. Die Brodersenschen und einmal Torge. Der hat schon den Führerschein.

Aber wie stehts in Mariehamn? Was sagt der Bobtail? Nebel, 9°, 1014. Sie gehen heute bis in die Klippen. Wo die Brombeeren reifen. Man sieht die Schiffe dort liegen. Heute ist Sonntag, die schwedischen Saufbrüder kommen. Sie tragen weiße Mützen mit dem Namen der Fähre. Bis zum Abend bleiben sie und geben ihr Geld aus. Auf die Klippen gehen sie nie.

Die Gästin ist wieder zum Bahnhof gebracht. Die Engländer verschwinden wohl morgen. Es wird Zeit. Der Gast und der Fisch stinken am 3.Tag. Beliebtes Sprichwort. Viel dran. Ich merke es mir aber auch. Muß nachher noch etwas gießen.

13. Augustus 1990

Über Nacht goß es sich selbst. Am Tage ein bißchen oder Gewitter. Da machte sich Roberto wieder ins schwarze Höschen und hatte eine mächtige Angst. Die steckt ihm wohl in den Genen. Sprach neulich mit der Herrin von Bingo, welcher der Bernhardiner an der Fähre da ist, dem geht es aber genauso.

Mittags bringt Welfgen David Drew an den Bahnhof. Wird auch Zeit. Selbst wenn sie uns nicht dauernd behelligt haben, hatte man sie doch stets im Hinterkopfe noch drin. See you later.

Sehr heiß. Und Sonnenflecken-Tätigkeit und Jupiter hinter Venus her, kein Wunder also, was auf der Welt vorgeht! Gewitter und Hagel sollen noch nahen. Gewitterböen Stärke 8 sagen sie gerade im Radio an. Und wir wollen morgen vom Festland bei Ebbe nach Föhr hinwandern. Mal sehn, ob das Wetter es zuläßt. Nebel darf zu der Zeit jedenfalls nicht sein.

14. Augustus 1990

Wir sind also auf einer Sandbank verabredet, mittags. Zwischen den Prielen und unterirdischen Strömungen müssen wir durch. Vorsichtshalber nehmen wir unsere Kompasse mit, die wir haben. Hoffentlich gibt es zu unserem Zeitpunkt kein Gewitter, denn abwarten können wir nicht. Müssen uns ja nach der Hochebbe richten.

Um 9.00 h fahren wir hier ab. 11.30 h kömmt Hiltmann mit dem Schiff an, dann fahren wir zu unserer Stelle im NO gegenüber der Insul. Sehr gespannt. Aber nun hab ich erstmal Koffie. Wir nehmen nur unsere Zahnbürsten, das Fernglas und den Kompaß mit. Jeder nur 1 ganz kleinen Rucksack. Natürlich muß bei mir noch das gerade fungierende Schreibheft mit. Auch essen wir noch ein Ei für unsere Kühnheit. Diesz wird sehr interessant, denke ich mir.

17. Augustus 1990

Das Ei hat sich bezahlt gemacht! Wir waren in bester Verfassung. Ging alles sehr gut, wir hatten Sicht und konnten los! Hab ich alles im Taschenjournal aufgezeichnet. Gestern abend waren wir wieder retour. Für den Leib war alles ne wunderbar ausgedehnte Kneipp-Cour, sehr zu empfehlen! Nun muß man sich erst wieder eingewöhnen, ins Arbeiten gelangen. Aber in 2 Tagen winkt mir eine erneute Insul, diesmal Sylt, die ich immer links liegen ließ als Insul der Beknackten und Reichen. Na macht nix, nun lese ich bei Sigrids Vernissage und gucke mir den Laden da an. Für 2 Tage denke ich mir. Sigrid rief gestern schon an, sie ist bereits in diesem Lande, bei ihrer Mutter in Aschaffenburg. Heute kömmt sie zur Insul. Wir telefonieren dann noch. Sonntag 16.10h will ich dort ankommen, denke ich mir. 18.00h ist die Eröffnung. Diesz reicht dann. Ich muß übernachten, damit ich ein bißchen was sehe. Als Honorar kriege ich lediglich ne Graphik, aber von Sigrid! Nicht irgendeine. Ist ja ein Freundschafts-Dienst. Aber von Hyun-Sook kriege ich das Bild, das sie in meinem Beisein gemalt hat mit meinen anfeuernden Rufen: »Jetzt noch was Böses!« »Das Kleid sollte grün sein!« »Diesz wird ja ne Hand!« etc.

Die Hinterbliebenen aber, die DDDR-Schriftsteller, sie schäumen und fallen auf jede Scheißhaus-Parole noch rein. Von der Süddeutschen Zeitung (Kunert schickte sie mir) hat einer welche besucht (Rainer Kirsch*, Fries*, Kahlau* etc.). Sie hassen uns, weil wir sie an ihre Feigheit erinnern letztenends. Sie rechtfertigen sich pausenlos. Behaupten, Kunert z.B. oder ich hätten gesagt, alles was sie geschrieben hätten sei Makulatur. Stimmt gar nicht, haben wir nie gesagt, ich hab es in Bezug auf die DDR-Literaturwissenschaft gesagt. Aber viele von den Schriftstellern haben auch bloß Makulatur gemacht, da haben sie recht gehört letzten Endes. Sehr lustig der Vorgang, der Krieg ist total. Wird niemals mehr innig so ein Zerhältnis.

18. Augustus 1990

Es regnet außerordentlich viel! Habe deshalb auch viele Aquareller und Bülder gemacht, weil man seine Arbeitskraft im Garten nicht einsetzen kann. Jetzt wird es etwas heller! Hab auch schon an Naegeli geschrieben, welcher im Moment mein hauptsächlicher Correspondente ja ist. Wo S. seit Jahr und Tag ausgefallen ja ist. Und einen Briefwexel brauche ich ja, wie seinerzeit Lovecraft. Und hätte ich es dabei belassen können und den Maestro S. nicht so persönlich und öfters gesehen, so hätte es jahrelang weitergehen können, ich hätte seine fiese andere Seite niemals bemerkt. Naegeli hat diese aber wohl nicht. Diese Großkotzigkeit von S. meine ich. Aber zu oft sollten Correspondenten sich niemals sehen. 1mal pro Jahr höchstens. Nun hab ich von meinem irischen Zauberer ein anderes Buch mir besorgt und die Übersetzung ist von ner anderen Lady und es bleibt nun endlich was übrig! Bei Hanser las ich und las und es war alles Papier und sonst gar nix. Die hier ist von Klett-Cotta. Ganz gut. Ist 2sprachig sowieso, aber ordentlich übersetzt sollte es dennoch ja sein.

Abends wird das Wetter immer schön! Aber kühler ist es nun wohl. Mal sehn, ob sich Sigrid nochmal meldet. Morgen um die Zeit bin ich in Kampen.

19. Augustus 1990

Ist ja ein hübsches Datum! Sehr schönes Morgenlicht, feuchtblauer Himmel und mausgraue Wölkchen. Es ist fast windstill. Ich hole mir Koffie.

Dies aber ist der erste Text von mir für Naegeli, d.h. ein kleines Gemeinschaftsprojekt*, wozu er Radierungen macht.

Bentgras

Die Ertrunkenen tuscheln und reißen haarsträubende Witze: so pfeift das Bentgras im Wind. Mein Schuh steckt im Krötenlaich fest, schwarze Wasser, wohin ich auch seh. Die hellen Kühe rufen mit schrillen Stimmen. In der Reuse verknäulen sich gleichgroße Aale, als ich Wasser schöpfe für durstige Schafe.

21. Augustus 1990

Wieder retour von der Insel der Reichen und Schönen, fast hat mich der erste Herbstorkan in die See noch geweht! War interessant und wenn man die meisten Menscher nicht sah in der Natur auch recht schön. Aber diese Nobelläden die alle Boudiken heißen und erlesene Antiquitäten neben geschmacklosen Gold-

und Edelsteinen (in Form nackter Damen, Penisse etc.) bereithalten für Tage mit Regen oder Sturm wie gestern – sie gehen einem auf den Kopp. Aß Rote Grütze für 15,- DM bei Vivaldi-Musik z.B. in einem Haus namens Odin. Ach du mein armes Vaterland! Dann kam aber der Orkan und die Feuerwehr mußte die Strandkörbe retten, auf die Steilküste retten, was sicher ein sehr harter Job war. Vor einiger Zeit hat es nämlich mal alle Körbe in die Fluten geweht. Und einer kostet heutzutage über 1.000,- DM, denn dort sind sie noch nicht aus Plastik selbstverständlich. Sigrid aber hatte schöne Radierungen, sehr schöne, und ich bekomme auch eine!

Unser nächstes Problem aber im armen Tielenhemme ist, für Moses eine Behausung in Kiel zu finden. Denn alles, was wir so in etwa in der Schwebe hatten – es hat sich in Nichts aufgelöst. So müssen wir mal unseren Grips anstrengen und sehen, was sich aushecken läßt. Ein kleines Zimmer! Help!

Gewölb

Meine Menschen sind weck in die Wogen, ich bin im Walde geblieben. Wieder habe ich gesehen, wie Bäume wachsen. Buchen. Wie sie im Waldverband, Krönung der steilen Kreideküste, ihren Anteil am gesamten Gewölbe machen. In welchem schönen Winkel sie Äste halten. Diese gemeinsamen Buchen haben ja über ihren sehr hohen geraden Säulen eine unverhältnismäßig geringe asymmetrische Krone. Andere Bäume als freistehende Buchen. Andere Bäume als die eines Buchenwaldes im Inland. Sah auch die Vögel dicht über dem Waldboden fliegen. Dann stießen sie über den Rand und befanden sich plötzlich im hellen sehr hohen Himmel. Fünfzehn Meter über der Baltischen See.

22. Augustus 1990

Im Dunkeln aufgestanden, weil Moses mit dem 6.00h-Bus nachher wegwill, 2mal Fahrschule, 1mal Frisör. Außerdem war ich wach und dachte an Moses' nicht vorhandenes Studierzimmer in der Nacht und war selbstverständlich um den Schlaf auch gebracht. So ist es draußen noch dunkel, denn es ist nocht nicht mal 5 Uhr. Aber der Koffie ist bereits am dampfen, hole ihn mir gleich unten ab. See you later green green James! Alligator.

Fahrschule des Kindes ging gut, hat es gesagt. Ich habe gut gearbeitet, 2 Texte gemacht, dann noch sehr gute Aquareller (meiner Meinung nach). Dann wieder Fenster geputzt. Sieht wieder aus, als hätten wir keine Scheiben drin, wie Moses stets sagt. Jetzt lohnt es sich, die Fliegen sind schon dahin. Es ist ein früher Herbst, wie es ein früher Frühling ja war. Spätling ist auch schön.

23. Augustus 1990

Es wimmelt von Tiefs und es bläst der Nordwest, was die Inseln nicht gerne hier haben. Das riecht nach Sturmfluten und versinkenden Stränden! Mal wieder sehn, was in Mariehamn los ist! Also folgendes: Mariehamn NW1, Regen, 14°, 1009. Kann ich mir vorstellen. Der Bobtail an der langen Leine geht griesgrämig im Park entlang und er schnappt nach einer kompakten Taube, mehr aus gespielter als wirklicher Ärgerlichkeit. Es geht ihm und seiner Alten sehr gut! Na bitte.

24. Augustus 1990

Heute aber soll Thochen kommen, da bin ich gespannt! Am Nachmittag. Es ist schon wie Herbst. Only 8° am Morgen und fettester Nebel. Moses wieder Fahrschule. Nun Tag für Tag, er scheint es bald zu können. Und ich stanze schnell noch einen Text aus bis ich letzte Hand anlege an Haus und Garten.

25. Augustus 1990

Thochen kam also recht gläubig an. Was immer ich damit nicht sagen will. War ein sehr netter Tag, Lisa auch darbey, sie freute sich sehr, daß »jemand von früher« kam. Wir spazierten und redeten sehr lange, geht sehr gut, Thochen ist eben ein hervorragendes Wesen! Aber ich hatte in der Nacht seltsame Träume, die in der Vergangenheit spielten, in zugenagelten alten Gebäuden. Hübschen, in denen man sich vorübergehend einfand, Männer und Frauen, in hübschen Negligee-artigen Kleidern, man saß/lag auf Ottomanen und plauderte in kleinen Gruppen, bis man scherzend wieder aufstand und verschwand. Es waren keine Alltagsgespräche, eher Diskurse über den Sinn von etwas, das man erlebte. Alle waren hübsch rosig, mich sah ich auch in einem dunkelrosa Gewand mit V-Ausschnitt und einer sehr langen Schleppkette, kann man schon sagen, aus Gold mit einem Vergrößerungsgläschen. »Machen Sie sich über Kunert bitte keine Sorgen«, sagte ich, »wenn seine Gedichte auch gänzlich hoffnungslos klingen, so führt er ein durchaus normales Leben und reist auch sehr gerne im eigenen Wagen.«

Sehr ulkig war alles. Ein bißchen anstrengend aber sehr schön. Nachher sah ich das Gebäude von außen. Es war wie ein alter Kursaal in vielleicht Baden-Baden und die morschen Landhaudtüren mit schönen Beschlägen wirklich vernagelt, geschlossen, eigentlich nicht mehr in Betrieb.

Wir fuhren nach dem Frühstück los. Erstmal nach Friedrichstadt, wo wir den Judenfriedhof fanden, der etwa 1800 anfängt, der in der Pogromnacht nicht zerstört wurde wie der ältere, extra gelegene. Dann noch Herrn Hansen* vor seiner Tür angetroffen und ihm ein Buch abgekauft. Was natürlich nicht ohne lange Reden abging, wie es sich für ein Original doch gehört. Und die ehemalige Synagoge gesucht, auch gefunden. Es steht kein Schildchen dran, sie wollen es wohl lieber verschweigen. Ist ja nun ein Privat-Haus geblieben. Wir fuhren und es wurde schon heiß über Husum und noch einmal Horsbüll, wo wir die Nordsee erblickten nach Seebüll ins Nolde-Museum. Es war da zwar sehr voll aber auch schön. Viele Dänen waren da und Kinderchen und die Bilder und der Garten waren wieder sehr kräftig. Es wurde immer voller und voller, das Haus konnte die Menscher kaum fassen. Wir aber fuhren nun über die Grenze nach Dänemark rein, an den wunderbarsten größten Kirchen vorüber bis auf die Insel Römö. Der breiteste Sandstrand, den ich jemals gesehen habe! Und viele Drachen trudelten kreiselten siummten da in den Lüften. Schöne Muscheln bes. die langen Scheidenmuscheln gefunden. Darauf nach Tondern, wo ein kleines Straßenmusikfestival war. Wir gingen und hörten dabei irische und lateinamerikanische Gruppen, die waren sehr gut. Kauften denen auch ne Kassette ab, für Moses und Thochens Kinder. Dann langsam retour, waren auch müde vom Seewind etc.

26. Augustus 1990

Sonntag isses wohl heute. Ich bin schon in mein Kämmerlein drin und sehe aus meinen geputzten Fenstern. Heute machen wir wohl keine Tour. Muß auch innen und außen gießen und einige andere Dinge bedenken. Diesz machen wir so. Ein geruhsamer Tag. Auch für Welfgen. Aber gestern war es sehr schön. Dies Tondern z.B. liebe ich sehr. Solch schöne Stadt! Das innere Bild einer Stadt. Direkt ne Lieblingsstadt. Sehr gutes Wetter! Es wird heiß, könnte man sagen. Wir machen bis heute abend nix Besonderes, jeder schreibt sich was auf oder so ähnlich. Thochen arbeitet mit Karten und allen möglichen Zettelchen. Man darf bloß nicht zuviel über die DDR reden, diesz ist für alle Beteiligten sehr leicht ein Alptraum. Gegen abend waren wir noch im Dellstedter Moor, durch die Wildnis und über den Schwingrasen gezogen. War sehr schön, ich kenne aber doch mehr Pflanzen als Thochen, diesz ist mein Stolz, weil und obgleich sie ja dauernd auf Exkursionen ja ist. Wir waren mit den Rädern da unterwegs, fuhren in Richtung Reethbucht. Aus dem Torfstich da sind Teiche geworden. Aber noch nicht von Innen belebt, nur von Außen durch Enten. Dann kochten wir noch etwas und darnach war bald Schluß. Übrigens rief Jesse Jensen an, daß Knobloch* vom DDR-PEN nun zurückgetreten sei. Na bitte, diesz ist doch ne gute Nachricht! Da waren wir tüchtig! Sehr gut.

27. Augustus 1990

Es ist noch neblig. 6.00h. Moses will nach Kiel. Studienfachberatung und ne Wohnproblemerkundung. Er ist geweckt. Fährt mit dem Rad nachher bis Wrohm, von dort mit dem Bus. Ach mein Gutes Baby, viel Glück bei allen Unternehmungen. Daß der Nebel sich lichtet und so weiter. Wir waren bis mittag im Dörplinger Moor. Im Frühtau. Sehr hübsch! Wir haben Stroh bekommen, vom Nachbarn mitgebracht. Wunderbar. Es ist hier eben wie im Sozialismus. Einer denkt an den anderen etc. Ich höre nun Moses irische Kassette aus Tönder. Mit Harfe und Zither. Sehr nett.

Moses war erfolgreich in Kiel bei der Studienberatung, sieht alles ganz gut aus. Bis auf ne Wohnung natürlich. Aber da muß man sowas Ähnliches wie Gottvertrauen bloß haben. »Was bleibt«.

28. Augustus 1990

Wir haben Jubiläum, 13 Jahre weck wie Schmidts Katze. Goethes Geburtstag erinnert mich stets. 13 Jahre Vorsprung, wie Jochen sagt. Der Entschluß seinerzeit war ja sehr gut! Wenn wir jetzt da noch säßen! Um Gottes Willen. Diesz hielt ich nicht aus. Nochmal in den Trümmern wie nachem Krieg. Und der Seelenschatz kam denen abhanden.

Übrigens ist Knobloch als DDR-PEN-Präsidente zurückgetreten. Diesz haben wir immerhin doch erreicht. Und weranders wird das nun auch nicht gerne machen. Sehr zum Lachen. Die Mafia wars.

Mit Thochen die Schafe gezählt. Nun ist sie mitm Märchenbuch ins Boot gegangen. Hoffentlich kommt sie auch rein. Nachher mal kontrollieren. Sie soll sich erholen. Basta.

Winter Has Come
Der Zug fährt an einer Schnur. In Klanxbüll schneit es mitten ins Herz. Die Bäume verneigen sich tief!, tief, und siebzehn Galloways stehen hinter Stroh-Rollen, die ungerührt noch sind. Weiße Windräder rudern mit jeweils drei fleißigen Armen im nachtschwarzen Himmel am Tag. Hoch lebe das Kopfhochtragen! kann ich mich hörn.

Noch dem alten Herrn Cordts zum Geburtstage gratuliert, worüber sie sich sehr sehr freuten, richtig glücklich wurden wir angeblickt. War ein sehr schöner milder Tag und wir blieben im Haus. Moses dauernd mit der Fahrschule unterwegs, letzthin noch ne Nachtfahrt! Kann er aber alles ganz gut. Mit Thochen wieder in vielen zugenagelten Häusern gewesen.

29. Augustus 1990

Waren morgens 3 fremde Katzen zu Besuch. Leider können sie nicht bleiben. Unsere 4 wollen es nicht. Waren sehr hübsch. Eine schwarze, eine 3farbene, eine gestreifte. Der erste Anruf kam auf Moses'-Annonce, wo er um 1 Zimmer nachsucht. Eine 3-Zimmer-Wohnung für 600,-DM, aber außerhalb. Müßte er nochn Kumpel dann haben. Mal sehn, was noch kömmt. Heute steht die Anzeige also in der Zeitung, 7.30h bimmelte das Telefon schon! Diese Wohnung liegt aber zu weit weg ohne Automobil, halb nach Neumünster, diesz geht nicht, würde ich sagen. Immerhin war es ein Anfang. Weitermachen! Der 2. Anruf war schon besser, ein älteres Jura-Semester, welcher bey seiner Freundin stets wohnt und es vermieten will, was er hat, bis März, dann eventuell seine Examensarbeit da schreiben, darnach könnte Moses es wiederhaben. Eine Einraum-Wohnung, Küche, Bad. In der Stadt, bei den Parks da, sehr gut, ich hab auf die Karte geschaut. Klingt gut! Wird Moses sich freun, wenn er kömmt.

Thochen hat sich zu ihrem Vetter 2.Grades nach Norderstapel aufgemacht. Welfgen bringt sie hin. Zurück bringt der 2.Vetter sie, der ist aber schon 70. Haben wir heute frei! See you later also kann man auch sagen. Nachher kam Thochen auch retour. An den Vetter aber erinnerte ich mich deutlich.

30.Augustus 1990

Schon wieder Fahrschule für Moses. Am Dienstag soll er Prüfung machen, heute ist Donnerstag. Wenn er zurückkommt, machen wir noch ne Fahrt über die Halbinsel Eiderstedt und kehren im Roten Haubarg dann ein. Das sehr schöne Wetter aber, dieser Altweiber-Sommer, soll nun zuende gehen mit krachenden Gewittern.

Abendglanz
Rocheneier am Strande gefunden. Es herrschte ein Wahnsinnslicht sondergleichen. Grüne Seife der Himmel und sanfte braunrosa Wölkchen über uns hin. Und wie Gebürge grauschwarzes Gewölke ferne am Hori-

zont. Der letzte schräge Sonnenschein. Sternschnuppen trudelten später als wir zum Hause kamen. Wir blickten in die Fenster und sahen uns vor dem Kamin die Füße bis zu den Ellenbogen darinnen oder was es nun war. Spukhafte Familienfotos in meinem Zimmer. Und blutrote Gardinen. Die ich später aufziehen werde, damit Cassi aufs Lager mir blickt wie in T.

Alles gemacht wie geplant. Es war etwas verschleiertes Wetter mit ner hohen Luftfeuchtigkeit. Es regnete 2mal ein paar Tropfen unterwegs. Kirchen betrachtet, auch innen, Tating und Westerhever. Da bei Ebbe auch auf die Sandbank. Darnach in den Roten Haubarg, wo es auch voll war. Das schöne Museum gefiel Thochen sehr. Dann nach Hause. Ist ja stets anstrengend mit sich selbst und mehreren Leuten mehrere Stunden unterwegs. Thochen fragte, wie Moritz es damals aufgenommen hätte, als wir Wölfchen kennenlernten. »Kompliziert war es schon.« sagte Moses.

31. Augustus 1990

Noch immer ist das Wetter nicht umgekippt! Seit einer Woche wird Änderung und Gewitter angekündigt. Thochen hatte jedenfalls einen wunderbaren Altweiber-Sommer hier, diesz kann man sagen. Nachher fahren wir noch bei meiner Mutter vorbei und dann zum Bahnhof. See you later James Green Aligator!

Wir haben alles gut geschafft. Thochen hat noch Lisas entzückendes Backfisch-Zimmer gesehen und die Park- Ecke, wo sie ihre Hängematte hat. Unter einer Lärche mit einem Bändchen, sich zu schaukeln. Dann haben wir sie in den Zug gesetzt und nun ist sie schon weit hinter Hamburg. War aber sehr schön mit ihr.

1. September 1990

Ein kleiner Landregen ging/geht nieder, kaum daß Thochen auf und davon ist. Kann ich schön Post machen, die hat sich angesammelt. Bin aber zu faul. Mitunter habe ich keinen Sinn dafür. Mache lieber Textchen und Aquareller. Ja.

2. Septembrius 1990

Schöne Aquareller entstanden! Heute bunter Himmel. Und es hat Pentti* Geburtstag. 53, son grüner Junge! Liegt er da auf seinem Klosterfriedhof in Karelien im Herbste! Und der alte Abt, der ihn kannte, geht gerade kopfschüttelnd vorüber, es ist aber das Alter, das den Kopf wackeln läßt, mitnichten der Hochmuth. Er legt ein Sträußchen Preißelbeeren aufs Grab, später kommen einige Verwandte vorbei, Frauen und Kinder, Juri zum Beispiel, der ist schon fast dreißig. Alle haben ein etwas schlechtes Gewissen. Aber sie wissen gegenseitig, daß man es nicht besser machen und aushalten konnte. Sie gehen zu Tuula-Liisa und trinken einen, gottlob sind sie viele.

Ich machte sehr sehr nette Aquareller. Der Doktor kam vorbei mit noch ner Kieler Adresse.

3. September 1990

Kriechnebel. Seit gestern sind die Herbstzeitlosen da, plötzlich Unmengen Post erledigt, hatte eine Woche nix angesehen. Was die Menscher, Vertreter der Eitelkeit, nicht alles wollen! Meta mußte wieder einspringen. Gut, daß es sie giebt. Es ist bewölkt und wird demnächst regnen. An Giwi* (Margwelaschwili) geschrieben, zur Begrüßung in Saarbrücken. Vielleicht bimmelt er mal an. Das wäre doch sehr lustig.

Mini und Mascha haben gutartigen! Lippengrind, eine Virus-Infektion. Wir haben sie getrennt von den andern. Und behandelt. Hoffentlich kriegen das nicht noch andere!

4. Sept. 1990

Ein frischgeborenes Kalb entdeckt, als ich mit Robert ging! Dem Bauern Bescheid gesagt. Es steht und trinkt! Die Mutter ist erfreut und brummt. Aber dann werden sie getrennt auf immer. Sie hatten eine schöne Stunde! Diesz finde ich nicht in Ordnung! Aber so isses allüberall, schon da fängt es an auf diesem Planeten. Jedes Glück wird sofort gleich zerstört.

Später regnete es beträchtlich. Es war ein Wolkenbruch! Das neue Kalb längst im Stall.

Creme-Hut rief an. Er will was zusenden. Über alles Mögliche geredet. Er hat nun Zucker, scheint ihn aber zu brauchen. Na, geht ja noch sage ich, besser als Aids. Mal sehn, was die Post bringt. Warten auf das Leising*-Manuskript, weil ich mit der Lese-Empfehlung für die FAZ endlich anfangen müßte.

Czechow der Stadtschreiber rief an. Erzählte die alten Geschichten, aber dermaßen aufgeregt, daß man sich sorgte. Immer um sich selbst doch herum. Voller Komplexe wie eh oder jeh. Jemine. Vor allem rechnet er mit hohen Auflagen seines Paris-Buches. Wenn der Mitteldeutsche überhaupt ne neue Auflage macht! Was ich bezweifle. In Prag regnet es auch, wie ich gerade gehört hab. In Moskau ebensosehr. Ich hole mir Mate. Dann hör ich »Kultur heute«. Wenn es sich lohnt. W. ist Orgel spühlen. Hoffe, daß der Regen aufhört, Wir müssen Mini und Mascha nochmals behandeln. Irische Erzählerinnen. Agnes Hüfer bespricht das, die beschränkte DKP-Frau, die Freundin von Peter Maiwald*, die Cremehütchen gerade verriß. Unverschämte Gans. Sie scheint einen kleinen getrunken zu haben. Sie näselt so vor sich hin in Allgemeinplätzen. Arm und reich etc. Naja. Naja.

5. Sept. 1990

Der Vollmond holte mich um 4.00h aus den Federn. Sehr hübsch liegt die alte Schule im Mondlicht! Der Mond in weißen Wölkchen im Südwesten, scheint mir ins Fenster. Dvorak im Radio, was will man mehr? Ich bin sehr zufrieden. Kaffee will ich. Er entsteht auch schon. Muß ihn lediglich holen. Wieder 1 Text für das Naegeli- Unternehmen:

> *Moorland*
> Der Sturm aus dem Kattegat war nun heran. Die Katzenteller flogen wie UFOs ums Haus. Im Sturm hör ich Stimmen: menschliches Geschimpfe, viel Klagen. Das werden irgendwelche Ertrunkenen sein. Oder die alten Moorkolonisten tauchen herauf mit damaligen Wölfen. Die heulen den verborgenen Mond an. Und die abergläubischen Pappeln verneigen sich tief.

Und noch ein Stückchen:

> *Nybrogatan*
> Über Nacht höre ich ganz gewiß ein Pferd am Hause vorübergehn. Kann es beschwörn. Das Hotel, das hinter dem Dramatischen Theater sich ja befindet, ist jenes, das Ingmar Bergman bevorzugt hat, wenn er hier war. Weil man so gut in seinem Aufgang verschwinden kann. Plötzlich ist man den Autogrammjägern entrissen und niemand kann sagen, wo jemand blieb. Aake Falks Uhr vor seinem Laden zeigt 7.12h, er selbst trinkt schon Koffie, steigt in sein silbernes Auto. Hier fährt das Fegeauto auf. Eine kleine rote Zigarettenschachtel hat sich standhaft widersetzt, geriet trotz dreier routierender Besen nicht in den Kehrbauch. Bellman* kommt wieder vorüber.

Von Johannes Schenk* kam der neue Gedichtband mit der Post. Wie immer Seefahrergedichte, hoch erotisch. Wunderschön, ganz rein, seine Kunstwelt, die so wunderbare Ausstrahlung hat. Ein schöner Band, der mich erfreut hat. Sofort alles gelesen. Keiner wird das wiederum merken. Aber eines Tages, wenn wir alle verweht sind. Morgen schreibe ich an Johannes. Und an Frank-Planitz, damit der nie nachläßt, Johannes zu drucken. Wozu er mitunter geneigt haben soll, wie ich hören mußte aus der Anstalt.

Nachher fahren wir nach Kiel, Wohnraum für Moses mit Moses betrachten. Hoffentlich isses kein Flop! So, nun fahren wir gleich. Es regnet und stürmt. Kurt & Irene sind nicht aufm Kreienberg, sonst wären wir mal vorbeigefahren. Die sind doch schon wieder in Berlin! Städtebewohner. Pfui.

Wieder retour. War nur teilweise erfolgreich, der Knabe von Wohnung 1 versetzte uns, Nr. 2 erwies sich als Windei, alles sehr vage, höchstens ein Provisorium. Nächste Woche erneute Zerabredung.

6. Septembrius 1990

Es ist morgens noch dunkel, wenn ich auftrete. Aber die Uhr wird ja noch zurückgestellt. Muß nun mit meiner Leseempfehlung zu Leising anfangen! Für die FAZ zur Buchmessen-Nummer. Verabredet ist alles. Macht mir immer viel Arbeit und Kopfzerbrechen. Eh ich den Dreh für den Anfang hab oder den Einstieg. Eine Floskel, die mich erwärmt. Jammere vorher (hier) etwas herum. Moses ist zur Fahrschule. Mini und Mascha noch vorher verarztet. Mini sieht bös aus. Doch den Vieharzt mal angerufen! Für morgen, heute ist keiner hier, Welfgen auch noch weck zur Cellostunde. Allein krieg ich die Schope ja nicht, wo ich sie hinhaben will. Mini Breitmaul. Aber sie frißt. Kriegte ne Extraportion Schrot. Bei Mascha ist alles nicht so gefährlich, ist eben ein Landschaf, das widerstandsfähiger ist.

Was getan für die Buchempfehlung. Richards Gedichte sind sehr sehr entzückend. Ich will mir sehr große Mühe geben, alles ins rechte Licht zu rücken.

7. Septembrius 1990

Über Nacht wieder ergiebiger Regen! Vorher ruderte Moses noch darin. W. kam auch erst spät, war noch Orgel spülen, er hat was für diese nun komponiert, Choräle verschränkt etc. Ich muß nun wieder an meine Rezensione gehen. Werde noch jammern Tag für Tag, bis sie fertig ist. Jammern gehört zum Genie oder so ähnlich. Es ist noch stockfinster, es ist noch sehr früh. Habe erneut alles von Leising gelesen und aufgeschrieben, was mir so einfiel. Auch verglichen mit dem »Poesie-Album« von 1975. Da stehen schon ein paar der härtesten Dinger drin. Z.B. »Vom alten Weib«, womit die Partei ja gemeint war. Dafür hätte es gut und gerne 3 Jahre Bautzen geben können, aber es waren ja Analphabeten. Krenz und Konsorten, damals beim FDJ- Verlag »Neues Leben«. Weiter dran stricken.

Die Schafe auch schon besucht, meinem Breitmaul Äpfel gebracht. Mascha sieht schon ganz gut aus. Mal sehn, ob heute der Viehdocteur kömmt. Hab auch schon wieder die harte Gymnastik im TV gehabt.

Vieharzt kam, hatte aber keine Lust, das Tier einzuschmieren, denn der Virus kann den Menschen als Herpes befallen. Gab uns einen Handschuh zur Salbe und verschwand. Ich habe mich dann geopfert. Morgen wieder dick einschmieren. Ist aber nicht lebensgefährlich für Schaf und Mensch, falls Mensch es bekäme. Mini kriegte eine schöne dicke Schicht Salbe ums Maul und hinterher Schrot. Na gut, nun wissen wir Bescheid. Die Diagnose war richtig, war ja auch klassisches Bild.

8. Septembrius 1990

Blauschwarze Bewölkung und Kühle. So blieb es auch bis auf 2 oder 3 winzige Sonnenlöcher. Was getan, alle anderen auch. Mini geht es ganz gut, haben das Breitmaul wunderbar gesalbt. Bei Mascha ist es gar nicht schlimm geworden. Mehr zur Gesellschaft.

Den Articul angefangen. Wird sich schon schreiben. Die Materie dazu, die Wörter, sind ja vorhanden. Man muß es bloß organisieren. Das ist schon alles. Macht aber viel Arbeit. Gegossen hat es auch noch.

9. Sept. 1990

Weil Sonntag ist, um 5.30h aufgestanden. Sah den Mond noch schwimmen, als ich mit Robertchen ging. Hab dann annähernd 6 Stunden über dem Articul von denen Gedichten Leisings gesessen und Gertrud Stein* noch dazu gelesen – Schwerstarbeit das alles! Der Kopf brummte mir stark. Darnach die beiden Schafe gesalbt. Nun wird es langsam etwas besser bei denen. Das Froschmaul wird schmaler. Bei Mascha ist nicht viel nach wie vor.

Moses kriegt nachher noch Besuch von denen Knaben aus Heide, ich geh mit Wölfgen abends zum Dottore nach Pahlen. Er will ne Borschtsch-Suppe bieten. Na von mir aus.

Es gab Wolkenbrüche. Moses will morgen nach Kiel, wieder das Wohnungsproblem angehen. Vielleicht ist er erfolgreich. Es muß eines Tages ja klappen. Daran kann das Studium nicht scheitern bey Odin. Wir müssen bald gleich demnächst aufbrechen. Naja naja. W. wird aber noch ne Stunde, denk ich mir, brauchen. Er ist eben ein Samstagsgeborener. Alles dauert.

10. Septembrius 1990

Waren 23.00h wieder hier, an den entzückenden Baby-Kaninchen vorbei. Heute regnet es bedächtig, der Sturm ist vorübergezogen. Ich strenge wieder meinen Brägen an für den Articul. 3 Seiten sollen es werden, sagte Jesse Jensen. Diesz ist aber sehr lange für meine Verhältnisse. Wir werden sehen. Ich brenne wieder Öllämpchen, sehr schön. Das von Hyun-Sook. Von Thochen habe ich auch noch eins.

Moses mittags nach Kiel. Avanti. Gut vorangekommen. Mittags kamen die Maler, die Fenster von außen streichen, vorher schmirgeln. Diesz brachte natürlich alles in Unordnung, aber gemacht werden muß es ja wohl. Dringlich. Nun stinkts und viele Gewitterfliegen kamen herein. Fliegen liebe ich nicht, sie irritieren mich echt. Mehr als 15 machen mich schon hysterisch.

Moses rief an, der Knabe mit der Wohnung hat ihn wieder versetzt! Nun kann er sich das wohl abschminken. Ist aber sehr übel von dem, und der wird Rechtsanwalt. Diesz ist prima. Schiet. Und Moses wartet da und bimmelt immer wieder. Er soll sich das linke Bein brechen, aber schön schmerzlich! Uns zum Narren zu halten. Solch Quatsch. Was sich manche Leute so denken, ist irre.

11. Septembrius 1990

Es ist stockfinster und ich sitze schon hier. Will nach Heide hin, Frisör und Fahrkarten holen. Reservierungen für Plätze sind nötig. Bis Düssel muß ich ja hin, ich arme schöne Person, wie ein Poet mir mal sagte. Der ist ziemlich aus meinem Gedächtnis. Ob sich das noch ändert, wenn ich hornalt bin und er zu meiner verlängerten Kindheit gehört? Meckel? Beobachten! Diesz alles ist sehr interessant. See you wiederum later. Regen ist wiederum angesagt, schlecht für unsere zu streichenden Fenster. Den Giebel.

War kein Regen, im Gegentheil, die Maler aber kamen trotzdem nicht. In Heide war es so furchtbar wie immer, aber ich mußte ja hin, Frisör und Fahrkarten plus Platzreservierungen. Verschleierte Sonne und feuchte tropische Wärme. Makler und Wohnungsbaugenossenschaften angerufen, bei manchen wenigstens auf ne Liste gekommen. Alles etwas nebulös. Der Wohnungsmarkt ist wohl zusammengebrochen durch Über- und Aussiedler allzumal. Aber wir wollen den Mut nicht verlieren.

12. September 1990

Rabenschwarze Nacht. Gleich muß ich Welfgen und Moses wecken, da sie nach Kiel fahren wollen, um den Wohnungsmarkt zu studieren. Ich darf hierbleiben bey denen Thieren und auch sehen, ob die Maler noch kömmen. Erst hol ich mir nun mal Koffie. Wecke Welfgen. In einer Woche bin ich schon mitten in der Lese- Tour, fahre nach Minden. Na, das wird außerordentlich witzig. Obskure Gegenden, niemals gehört: Rheda, Steinhagen, Löhne. Aber in Düssel bin ich dann auch, sehe Harry und Hünni*. Draußen herrscht Nebel. Muß nun alle zum 2. Mal wecken. See you wiederum later James Green Aligator!

Nun sind sie los!

13. Septembrius 1990

Es ist wiederum auch noch sehr früh. Robert heulte und weckte mich auf. Ich kochte schon Koffie. Heutzutage ist Donnerstag. Und anscheinend Nebel. Wolln sehn, ob ich meinen Articul heute fortführen kann. Gestern war es nicht möglich.

In China sind im letzten Jahr 1500 Leute hingerichtet worden. Die wahren Zahlen liegen aber wohl noch höher. Politische aber auch Kriminelle. Glücksspieler ebenso. Prozesse gibt es nicht, kaum ein Verteidiger. Urteilsverkündungen vor zehntausender jubelnder Menschen. Wegen der Asien-Festspiele jetzt will man aufgeräumt haben.

Hab wieder was getan am Articul, bis die Lust mich verließ. Mit Müh & Noth komme ich auf 3 Seiten, wie ich nach Möglichkeit soll. Muß noch mal in mehrere Anthologien schauen, ob es abweichende Fassungen giebt. Hieß es nicht früher »Schultheiß-Bier« in der »Mulachstraße«? Nun ist es nur noch Bier, was ein bißchen schade vielleicht ist, aber seine Correcturen sind eigentlich immer sehr gut, wie ich sonst schon gesehen habe. Morgen suche ich das.

14. Septembrius 1990

Storm hat Geburtstag, unserer wackerer Heide. Moses ist in seiner Gesellschaft. Ein Mitglied! Es ist noch früh, man hört schon wieder Rossini, der ist schon unschlagbar. Kriegt schon wieder Tantieme. Draußen flogen die Käuzchen, als ich mit Robert spazierte. Wurde gleich stranguliert von denen Spinnen. Jeden Morgen dasselbe. Erlebnisse sind es. Und ich meine es auch noch ernst. Diesz kann sich kaum einer vorstellen, was ich so alles erlebe. Hat die Wertigkeit von Parties o.ä. bestimmt bei anderen Wesen. Langweile mich nie. Es ist viel los im Tielenhemmer Koog.

Aber nun diesz!* Üch loch mich kronk! Heiner Müller ist keine Frau, wie wahr! Aber Christa ist von allen guten Geistlein verlassen, wenn auch Officier nun geworden. »Was lohnt« könnte man sagen. Für »Mut« ist sie ausgezeichnet worden. Mut zur Feigheit, könnte man sagen, ist es nicht so? Es ist.

15. Septembrius 1990

Heute steht die Annonce von Moses umb 1 Zimmer oder dergleichen in den Kieler Nachrichten drin! Mal sehn, wieviel Anrufe das bringt. Ein Hoch, ein Tief und eine Kaltfront treffen sich morgen. Ein Orkantief kommt noch hinzu, es ist jetzt bei Grönland. Gute Sicht heute, da freuen sich die Möwen und Optiker beide. Hole mir Koffie. Dann wieder an den Articul mich setzen.

Nachts rief Czechow als Stadtschreiber an. W. ging ans Telefone. Ich nicht. Sie müssen sich das abschminken, Landbewohner zur Schlafenszeit rauszubimmeln! Alle Überfälle hasse ich!

Es ist gleich Mittag, keine Palast-Angebote bisher! Kann auch gar nix erfolgen, das ist dann Erfolg-Los. Aber überall sind die kleinen Eisen im Feuer, sämtliche +- Freunde und Bekannte sind beteiligt.

Hauptsache ist: Heiner Müller ist keine Frau! Und das scheint gewiß zu sein!

16. Septembrius 1990

Mariehamn: NNO, 6°, Regen, 1018 Hectopascal. Ich will aber nicht an die Alte da denken! Es ist Sonntag. Heute muß ich meinen Articul beenden, gestern war ich auf diesem Gebiet äußerst faul. Er muß weck, morgen ich. In diese westfälisch-niedersächsischen Nester. Und Düssel.

So, alles noch fertig geworden! Bei wunderbarstem Wetter! Anschließend noch ein bißchen gesonnt. Die Schafe nochmals gesalbt. Nun ist es genug. Schöne weiße Sahnewolken. Moses morgen abend mit Welfgen zur Zimmerbesichtigung. Ich bin ja weck. Es ist eins bei des Doktors weitläufiger Verwandtschaft, etwas für den Übergang, da es etwas weit weg ist. Wär aber besser als nix, diesz ist gewiß. Morgen 10.17 h fährt ja mein Zug. Bin über ne Woche dann weck. Schulden abtragen. Nun schmeiße ich schon etwas meine Sachen zusammen. Wenig mitnehmen ist die Parole. Viel nur zu lesen, zu schreiben. Allerlei Füller und Hefte, diesz ist sehr wichtig, damit ich bei Laune bleibe. Auch ein Radio nicht zu vergessen. Man weiß nur nicht, wie das Wetter wird. Kann ab

Dienstag fürchterlich regnen. Muß gewappnet stets seyn. See you wiederum later. Muß noch Blumen gießen, innen und außen. Avanti.

17. Septembrius 1990

Heute vor einem Jahr legten wir mit der FinnJet ab, das war sehr schön. Heute fahren wir andere Vehikel. Moses hat Fahrschule, ich muß mit dem Zuge nach Lesungsorten ins Westfälische rein. Na, eines Tages kommt auch mal wieder was Exotischeres rein, das Exotische ist für uns Grönland, Spitzbergen oder die schwarzen Berge von Norwegen gar. In zwei Stunden muß ich hier fort. Erstmal in die Gegend von Bielefeld, naja, das ist bis nachmittag zu schaffen. See you wiederum later James Green Aligator, wie mein Spruch immerzu geht. So alles zusammengeworfen, auch die Mantelfrage geklärt. Jetzt wird Robertchen nochmal geführt, dann haun wir langsam hier ab. In einer Woche bin ich wiederum hier, das halte ich glatt aus. Avanti.

24. Septembrius 1990

So ist es, ich habe es glatt ausgehalten! Auch noch ein paar nette Leute getroffen. Die Mayröckerin*, Artmann, Kolbe, die Menscher Naegeli, Hünni. So war es außerdem sogar noch ganz hübsch. Wenn diese Städte auch fürchterlich sind, besonders Düssel. Nun wieder prachtvoll zu Hause – das ergötzt mich doch sehr! Und ich freue mich über das Haus und die Tiere, die Menscher hier auch, so gute Jungens allhier! Habe aber schon wieder Fahrkarten auf dem Tisch, bis ins Saarland hinein, naja, der Mammon, der uns fehlt, macht es notwendig, da fahr ich und zu meine Pflicht! Moses hat auch nochmal Göld für den Führerschein gebraucht und so weiter. Aber hier ist es schön! Schon sehr herbstlich. Meine Fensterpappeln sind schon fast kahl. Ob die Schwalben noch da sind? Als ich fuhr, waren sie es noch. Fröhlich. Und Moses hat Fahrprüfung und Zimmer fürs 1.Semester. So ist erstmal alles gut und OK.

Schwalben also noch da! Die Pappeln aber mit ihren wenigen Blättern sehen gänzlich gepunktet aus gegen den hellen Himmel. Loests Stasi-Buch* gelesen. Für den Insider natürlich ganz interessant. Man sieht, daß der Staat da zusammenbrechen mußte, da der Geheimdienst mit Riesenobservierungen um nix extrem war.

25. Septembrius 1990

Regen und Sturm und remontierende Rosen. Sehr gut hier in diesem Haus! Heute nachmittag kommen Barbara und Werner auf der Rückfahrt aus Dänemark vorbei. Jedesmal sind sie älter und Werner schwerhöriger – isses nicht witzig? Sehr. Aber noch macht er die feinsten Nierenoperationen. Sehe gerade einen großen schwarzen Hund durch die Wiesen spazieren. Vor ihm läuft ein dünner Mensch. Hausputz auch noch gemacht wegen der Gäste. Es ist auch immer eine gute Gelegenheit. Die Post etwas abgetragen. Dann Texte beguckt, welche mir aus dem Gedächtnis doch waren. Der Abstand nach ner einwöchigen Lesereise ist doch ganz gut. War ganz zufrieden mit den Prosastückchen. War.

26. Septembrius 1990

Werner & Barbara kamen und wir hatten prima Käsetorte und dann schwatzten wir viel und es ging ihnen sehr gut nach dem Urlaub da im Dänischen. Und zum Abendbrot, nachdem Barbara die Schafe lange lange angesehen hatte, ruderten wir trotz sehr hohem Wasserstand rüber zum Fährhaus, was den anderen Menschen stets ein Abenteuer ja ist. Moses machte den Fährmann und Werner mußte extra übergesetzt werden, weil er zu schwer war. Dann aßen wir alle möglichen Fische, Werner Sauerfleisch, welches er großartig fand, aber das mästete ihn dann natürlich auch. Kömmt, weil er zu rauchen aufgehört hat. War aber sehr nett und wir redeten noch über Bücher und die DDR und so weiter. Und ich kriegte noch einen Articul, den Fuchs in der »Welt« hat, den muß ich noch lesen. Die Rückfahrt fand im Dunkeln dann statt, das war noch interessanter mit der Milchstraße obendrüber und vielen prächtigen Sternen. Moses leistete gute Arbeit, die Eider hatte enormes Hochwasser.

Wir müssen Cleo langsam in ihre Kiste packen, fällt mir gerade ein. Die Schwalben sind aber noch vorhanden. Kam ein schönes Buch von Herrn STEIDLs Verlag von Papenfuß*. Die besten Gedichte der Welt über den Untergang der DDR und alles, was drumherum hängt, dazugehört. Wahnsinnig fein & frech. Entzückende Gedichte! »So november als nur möglich« fängt ein sehr schönes* an. Sehr schöner Band! Mit Penck-Illustrationen. Paßt alles außerordentlich.

Und die Nachricht des Tages: Jirí Gruša wird Botschafter in Bonn! Es ist zum Lachen zum Weinen. Da kömmt er nit mehr richtig zum Schreiben! Aber für so ne irre Regierung und mit Grušas Biographie muß man es wahrscheinlich machen. Auweia. Ach wie sind die herrlich verrückt da in Prag! Und wie hausbacken hier.

Die Schafe Mini und Mascha sind wieder gesund. Die Separierung kann demnächst aufgehoben ja werden. Sehr gut! Nun sind die Viren wohl nicht mehr rebellisch. Sehr gute Schope. David hat ne Zecke auf der Nase. Wir lassen sie aber in Ruhe. Ach son schönes hochmüthiges Lama, Alpaca, hätte ich gern.

Unabänderlich:

Die Straße rollte sich vor uns ab. Das Knäuel schien unendlich zu sein. Schafe, die wir schon kannten, sahen uns an. Eines hatte eine Bierflasche unter dem Schwanz stecken, der alte Schäfertrick bei einem Gebärmuttervorfall. Wir halten am Wandmaker- Laden, die breitgequetschte Kaufhalle blinzelt lüstern uns an. Siehste, sag ich zu Romeo, wieder haben wir die alten Batterien vergessen. Egal, denken wir erst daran, wenn wir den Kübel erblicken.

27. September 1990

Sehr früh am Morgen, noch nicht mal fünf Uhr. Ich will in die kleine bescheuerte Stadt, schon wieder umb den Frisör oder Glatzenschneider und Fahrkarten holen. In diesem Jahr spielt mein Leben sich auf den Bahngleisen ab oder so ähnlich. Es ist sehr dunkel, am Samstag wird die Uhr wieder zurückgestellt. Wo war ich vor einem Jahr? Noch in Jonköping, am See mit den Trollen. Machten uns Mittags nach Göteborg auf. Mit dem Zug auch durch den Herbst.

Mehrfaches Umsteigen. In Göteborg alles schon sehr nach Abfahrt riechend, nicht mehr viel Zeit. So war es. Mit meinem Wasserbaby. Welches inzwischen sehr tüchtig war. Ich hol mir nun Koffie. Das tu ich.

Bin wieder retour. Prachtvoll. Es ist immer dasselbe in Heide, man versucht so schnell wie möglich wieder fortzugelangen. Erreicht man ja auch. Der Himmel hat sich zugezogen. Entzückende Wolken, schönste hellgraue Gebilde. Bin wieder in meinem Zimmer vorhanden und es sehr zufrieden. Mal sehn, ob es unten noch Tee gibt! Moses mäht und Welfgen geigt. Auf der Knie-Geige. Avanti.

Morgen muß wieder ein Textlein abfallen. Heute wird es nix mehr. Nach ner Stadtfahrt ist der Mensch nicht mehr frisch. Besonders nett war aber, daß mich Moses heute mitm Auto in Dörpling abgeholt hat! Sehr gut sind wir dann nach Hause gezockelt! Um große Futterautos herum, zuletzt auch um Bobby, welcher mitten auf der Straße lag bei Reese vorm Hof und auch nicht wich. Gleich kommen meine Sendungen. »Büchermarkt« und »Welt der Literatur« und später noch andere und wie sie alle noch heißen. In England und Irland und Schottland beginnt es gerade zu regnen. Aber noch 16°. Die Kühe warten schon wieder, daß sie geholt werden! Sie dürfen nach dem Melken im Stalle bleiben für die Nacht. Da sind sie sehr froh. Ist eben ein sehr netter Bauer, unser Nachbar.

28. Septembrius 1990

Der Herbst steht auf der Leiter, würde meine Mutter das nennen. Obwohl das mehr zu einem südlicheren gehört. Hier wird die Leiter umgeweht, man muß sie nach der Arbeit sofort wegräumen. Einigungsgetöse weit und breit. Man muß sich die Ohren verstopfen. Mit Jesse Jensen gestern noch telefoniert. Die von Jiří fix was drucken und einen Begrüßungsarticul machen wollen. Jesse Jensen erinnert sich noch an die Kranichsteiner Literaturtage, wo diese Jury aus Demski*, Härtling*, Lindemann* etc. sich sehr hochnäsig gegen Gruša benahm und ihn rechts liegen ließen. So ging man nämlich damals landauf landab mit denen Flichtlingen um. Das ist noch nicht lange verändert! Andererseits will Jesse Jensen meinen Articul bloß abgemildert drucken, den für Leising. Es ist aber wohl einfach so, daß die bei der FAZ mir mal signalisieren müssen, daß es sich um IHRE Zeitung da handelt, es ist ein Akt ihrer eigenen Hochachtung da und ist nun einfach dran. Gut, dann sollen sie mir diesmal einen Absatz streichen, damit ich beim nächsten Mal wieder reinhauen kann. Eine Krähe, selbst wenn sie jung ist, hackt der anderen das Auge doch lieber nicht aus, könnte ich mir denken. So kommt der Articul auch erst drei Wochen später, weil Jesse Jensen mich nicht erreicht hat und ich lesend unterwegs war. So viel schon am frühen Morgen aus dem literarischen (Un-)Leben. Ich hole mir Koffie, meine Damen und Herren.

Mein Articul war aber gut, wie er war. Aber es geht eben nicht immer alles, weil die Jungs demonstrieren müssen, daß sie selbst jemand sind. Naja, ich überlebe es. Es ist nicht so viel, was gestrichen da wird. Und es ist auch kein Hauptwerk, so viel ist richtig.

29. Sept. 1990

Sonnabend isses und der Maestro Steidl kömmt heute gleich am Vormittag zur Besprechung des Buches »Spreu«, was eben Spreu beinhalten soll, sowohl, was den Text betrifft aber hauptsächlich auchn paar Aquareller. Diesz werden wir noch sehen, meine Damen und Herren, was daraus dann wird. Der Text wird irgendwas aus meinen vielen Heften wohl sein. Aufzeichnungen über das Wetter oder so ähnlich. Man muß alles mit wahnsinnich wahnsinnich viel Zeit konzipieren. Erst mal der Plan. Und der Titel »Spreu« soll ja schon sagen, daß es alles kein Hauptwerk ist und die geliebten Aquareller der schönste Dilettantismus, ein- und überflüssig, es strömte aber so schnell, daß es nicht zu verhindern war. Ist ja auch egal, um dergleichen kümmere ich mich schon lange nicht mehr. Habe schon Koffie. Eine Maus strebte in die Küche, ließ sich auf meinem Fuß nieder und transportieren. Nun ist sie im Warmen, aber wir müssen sie fangen oder vertreiben. Einmal haben sie unseren Backofen schon außer Betrieb gesetzt: in der Dämmwolle sich eingenistet – wenn man den Backofen benutzt, stinkt es wie im Zoologischen Garten. So isses.

Nun muß ich nochmaln bißchen nach Texten für Steidl sehen, hatte da schon was im Auge. Rosa Himmel, die Sonne kümmt hier aus der Eider. Das ist sehr offensichtlich. Schüttelt sich gerade im Schilf, streift die Pappeln. Die Blätter fallen nun, wenn auch kein Wind ist. Sehe es wie im Schauspiel. Die Blätter der Zitterpappeln mit ihren langen steuernden Stielen. Hübsch.

Haben ein gutes Konzept gemacht, ein »book in progress« sozusagen zu machen, daß eigentlich nix schiefgehen kann. Wir wissen genau, was wir nicht wollen, ja auch nicht dürfen! Kann Spaß machen. Als erstes muß ich den Text herstellen, dann gibt es Schrift- und Buchproben etc. Darnach passiert erst die Arbeit da mit den Büldern.

30. September 1990

Die Uhr wurde zurückgestellt, so hat der Tag heute 25 Stunden. Nachher kömmt die Elisabeth aus Mexico, mal sehn, wie es ihr ergangen ist, ob ihre Verrücktheit noch so schön und produktiv ist. Sie übersetzt ja auch meine Stücke ins Spanische, was wunderbar klingt. Draußen regnet es kühl vor sich hin. Ich geh erstmal baden, daß ich alles verkrafte.

Es ging alles wie gedacht. Elisabeth kam mit vielen Geschichten, die mit vielen Anknüpfungen erzählt wurden, was alles schon ne ganze Weile gedauert hat. Sie war mit den Geschichtenerzählern nämlich unterwegs, mit den Meistern der Zunft. Hat dabei auch mein Spektakel-Gedicht, dies von den typischen Elstern auf Spanisch erzählt. Sie hatte auch wieder Kassetten mit mexikanischer praehispanischer Musik und Tangos.Ham wir uns umgeschnitten.

1. Oktober 1990

Etwas Vorrat geschlafen. Denn heute müssen wir nach Glücksburg zu einer Lesung hin und morgen fährt mein Zug zu solch einer erneuten schon 5.16h ab Heide. Da müssen wir nach der Lesung heute stante pede retour, was ja in unserem Interesse stets ist. Wird ein bißchen anstrengend, aber zum Troste sehe ich höchstwahrscheinlich Giwi, welcher ja im Wasserthurme von Saarbrücken (symbolisch, eigentlich wohnt er im Hotel) ein Stadtschreiber ist. Hatte ihn begrüßt mit einem Kärtchen. Er rief dann an, als ich unterwegs in Westfalen war. Später nochmal und itzo sind wir zerabredet. Er kömmt zu dieser meiner Lesung auch hin oder so ähnlich. Dies ist mein Trost-Pflaster, dieser schwarzhaarige Engel. Über den es irgendwo nochn Stück Prosa gibt, das ich noch suchen muß. Vor Jahren geschrieben. Vielleicht ist es ja brauchbar! Ich suche es nachher mal.

Wir haben gestern unsere Schafe wiedervereingt im Hinblick auf Deutschland. Mini und Mascha, welche separiert wegen Lippengrind ja waren, durften zu der großen Gruppe wiederum hin. Wir haben es mit Reden und symbolischem Fahnschwenken vollführt. Sie waren sehr glücklich, alle, was man von den Menschern nicht so einfach feststellen kann. Diese Schafe sind einfach sympathischer und es kann nicht so viel Mist vorkommen wie im menschlichen Pendant, sagen wir mal. Unsere Feier war also schon. Ich komme aber am nagelneuen Nationalfeiertage dann retour, dem blöden 3.Oktober. Hoffentlich trifft mich kein schwarzrotgoldenes Feuerwerk, sind die Bürger nicht gänzlich besoffen. Es graust mich schon sehr. Auszog das Fürchten zu lernen isses.

Das Stückchen Prosa, welches sich mit Giwi befaßte, leider leider doch nicht gefunden. Ist wohl gänzlich verschmissen. Beim Suchen alles mögliche andere gefunden, wie es stets ja passiert. Von dieser gelben Rose (Papierrose) hatte ich in Westberlin einen großen Bogen, ca 15 Stück. Ich habe sie immer in die Post an Stus getan, in die Straflager Sibiriens. Dies ist die letzte, die übrig blieb. Sie erinnert mich schmerzlich. Hab die Rosen für die Bewacher und deren event. Kinder auch eingelegt, dachte, sie zu bestechen, daß sie einen Brief an Stus mal durchgehen ließen. Allerdings habe ich die Bewacher in den Briefen auch beschimpft als Handlanger übelster Sorte, die ihre Strafe bekämen, wenn sie zu Stus, einem Engel, sich nicht milde verhielten. Also doch was von Engeln gefunden. Denn in dem Text, den ich eigentlich suchte, wird Giwi ein Engel, ein Rettungsengel, genannt. Warn hübsches Stückchen Prosa, wo isses denn bloß geblieben! Wüßte nicht, wo ich noch suchen könnte. War sehr lustig obendrein + handelte von einer temporären Verzweiflung. Aufgefangen.

Mit Iris Paetzke telefoniert, umb eine Adresse für Elisabeth, welche sie braucht. Dabei erfahren, daß Ulla Hahn ihren Porno* doch bei DVA abbacken läßt. Na, das wird ja was werden. Bloß gut, daß ich nicht zur gleichen Zeit dort ein Buch hab. Sie macht sich lächerlich, ein Porno über einen SPD-Politiker, so ist der Waschzettel dann. Heiliger Ignatius von Loyola, sie rennt galopp ins Verderben.

Gleich bald sofort, jenachdem, wie einem Zeit vorkömmt, müssen wir los. Le-Sung. Was ist das? Eine Methode, zu Göld noch zu kommen. Seine

Bücher mal selber laut zu lesen. Fehler bemerken. Bücher verkaufen. Manch einem Menschen einen furchtbaren Eindruck zu machen. So ungefähr.

Wunderbarst gelesen in Glücksburg in der Kirche, weil in der Bibliothek nicht genug Platz war. Über 150 Leute eilten aus allen Himmelsrichtungen herbey. Retour in weißen Nebeln. Bald aufstehn.

2. Okt. 1990

Es gab only 4 Stunden Schlafes. Welfgen kriegt noch ne halbe Stunde mehr. Darf ihn nur nicht vergessen zu wecken. Habe es hier noch sehr hübsch, mit brennenden Öl-Lämpchen von Hyun-Sook und der nächtlichen Musik vom Hindemith. Die Katzen gefüttert, sie nehmen es auch nachts kurz nach 3. So wie ich auch den Koffie. Den nächsten kann ich in Altona dann haben, da ist ne Menge Aufenthalt noch. Kurz vor der Lesung bin ich in Saarbrücken. Die Lesung ist aber schon 16.30h. Sah gestern noch etwas Literarisches Quartett*, grauenhaft. Angefüllt mit Carola Stern – sie produzieren sich wie die Backfische, das lachende Publikum macht sie ganz närrisch. Carolachen war absolut lächerlich, sie kann noch nicht mal lesen. Ging um Handke gerade, sonst behandelten sie bloß noch Bestseller. Schade, daß

Jesse Jensen meinen Articul kastriert, ich habe so recht, daß es schon weh tut. Und wie sie alles verwexeln! Der Frosch aber hat Schaum vorm Mund. Die anderen beiden waren auch nicht besser als stets. Woher auch. Muß Welfgen erwecken, es muß seyn!

3. Oktober 1990

Wieder zurück, mehrfache Kreuze, weil und obgleich es dort in Saarbrücken ganz hübsch war. Ein Provinzrand, der ins Französische überlappt, was stets ja ganz hübsch ist. Aber anstrengend war es auch, jeden Tag 10 Stunden gefahren. Und Giwi war so unglücklich über seine Situation, diesz schmerzte.

Im Herzen der

Nachwort

von Moritz Kirsch

Tielenhemme, im August 2023

Nach der Volkskammerwahl 1990...

..... veränderte sich im Laufe der folgenden Monate der Blickwinkel meiner Mutter auf die »deutsche demokratische DDDR« – so nannte sie die DDR oft karikierend - erheblich. Vor der Wahl mit dem für uns unerwarteten Ergebnis stand die Frage nach Gegenwart und Zukunft dieses Staates im Vordergrund.

Nach der Wahl wurde Woche für Woche klarer, daß es wohl auf eine Vereinigung der beiden deutschen Staaten hinauslaufen würde, auch wenn die außenpolitische staatsrechtliche Absicherung dieser Vereinigung vor allem in der ersten Zeit noch ungewiß war.

Der Blick auf die DDR verwandelte sich also zunehmend in einen Rückblick und spätestens mit der Währungsunion am 1.Juli 1990 gar in eine Art Abschlußbilanz »40 Jahre DDR« – daß es wohl keinen 41. Jahrestag geben würde, war zu diesem Zeitpunkt fast schon klar. Dabei standen für Sarah natürlich besonders ihre Schriftstellerkolleginnen und –kollegen im Mittelpunkt. In sehr eindeutig staatstragenden Fällen wie bei Hermann Kant, dem DDR-Chef-Zensor, brauchte es keine Diskussion, es war klar, daß dieser ein williges Werkzeug der DDR-Diktatur gewesen war. Umgekehrt galt für eindeutige Dissidenten wie etwa Jürgen Fuchs spiegelverkehrt das Gleiche und überhaupt auch für alle, die im Zuge z.B. der Biermann-Ausbürgerung in die Bundesrepublik oder ein anderes demokratisches Land geflohen waren. In der Grauzone dazwischen befanden sich bekannte, in der DDR gebliebene Schriftsteller und Schriftstellerinnen wie etwa Christa Wolf, die in der DDR große Privilegien genossen hatte wie etwa lange Stipendien z.B. beim »Klassenfeind« USA.

Kristallisationspunkt dieser Diskussionen wurde auch die Frage nach der Zukunft der beiden PEN-Zentren in den beiden deutschen Staaten. Daß das sogenannte PEN-Zentrum der DDR nicht als unabhängiges freies angesehen werden konnte gemäß der internationalen PEN- Charta war für Sarah von Anfang an klar. Sie schätzte die Arbeit des freien PEN-Zentrums der Bundesrepublik besonders wegen des Einsatzes für verfolgte Schriftsteller/-innen in Diktaturen (»writers in prison«) außerordentlich und lehnte daher eine Vereinigung mit dem unfreien, von der Diktatur in der Vergangenheit kontrollierten »PEN-Zentrum der DDR« entschieden ab. Für sie hätte eine solche Vereinigung bedeutet, den Bock zum Gärtner zu machen. Nach ihrer Vorstellung sollte der DDR-PEN sich auflösen und dessen Mitglieder einzeln eine Aufnahme in den demokratischen PEN der Bundesrepublik beantragen.

Im Sommer 1990 entstand so eine lebhafte Debatte darüber vor allem auch in den wichtigen Zeitungen der Bundesrepublik – von der FAZ über die ZEIT bis zur taz. Sarah beteiligte sich mit und auch zur Unterstützung der zumeist jungen Redakteure dort wie etwa Ulrich Greiner, die die PEN-Frage ähnlich wie sie selbst beurteilten.

In diesem Zusammenhang mußte es leider auch zum endgültigen Bruch mit Christa Wolf kommen, mit der und ihrem Mann Gerhard wir weit über 20 Jahre befreundet gewesen waren. In den 80er Jahren waren die Wolfs auch hier in Tielenhemme zu Gast gewesen und der persönliche Kontakt zu ihnen war auch von mir aus immer als herzlich, unkompliziert und problemlos empfunden worden – nicht zuletzt aber auch, weil Sarah Kritik am politischen Verhalten Christas in der DDR immer nur sehr dosiert und sparsam geäußert hatte, um die Freundschaft nicht zu gefährden.

Tatsächlich kam es zu diesem Bruch im Sommer bis Winter 1990 auch ausschließlich aus politischen Gründen – von rein persönlichen Konflikten, wie sie ja in vielen Freundschaften vorkommen, ist mir nichts bekannt. Sarah störte dabei vor allem der absolute Unwille und die absolute Unfähigkeit Christas, in ihrem politischen Verhalten in der DDR in allen Jahrzehnten auch nur den kleinsten persönlichen Fehler einzugestehen. Jede Kritik war für sie, so schien es, im Grunde ein persönlicher Angriff. Gleichzeitig griff sie z.B. in einer Diskussion an einer Schule die aus der DDR ausgereisten Kollegen an, daß diese hätten ausreisen müssen, weil sie politisch nicht so unabhängig von der Staatsmacht gewesen seien. Diese totale Umkehrung der realen Verhältnisse empörte Sarah sehr. Weil sie wegen der langjährigen Freundschaft mit den Wolfs aber auch keinen Wunsch verspürte, sich direkt mit ihr zu streiten, wählte sie stattdessen den Weg, den Kontakt von ihrer Seite aus ohne nähere Erklärung einzustellen. Eine solche nähere Erklärung erschien ihr als sinnlos.

In dieser Zeit schwankte meine Mutter ständig zwischen den beiden Impulsen, sich aus der Debatte zurückzuziehen oder in der Öffentlichkeit eine klare Position zu vertreten. Ein vollständiger Rückzug wäre ihr zu diesem Zeitpunkt aber nicht möglich gewesen, da sie sich über jede Äußerung rechtfertigender Art von Christa Wolf und anderen zu sehr ärgerte.

Auch über Christa Wolfs Buch »Was bleibt«, das einer der Aufhänger der damaligen Debatten war, war sie eindeutiger Meinung. Sie hatte es natürlich selbst gelesen. Es gab dazu sehr viel Kritik, aber von anderer Seite auch durchaus Lob, so daß von einer »Kampagne« gegen oder gar eine »Verfolgung« Christas und anderen keine Rede sein konnte.

»Kampagnen« gab und gibt es in der DDR und anderen Diktaturen und sie waren/sind, so war unsere Erfahrung, stets zentral und staatlich organisiert.

Dies waren also die bestimmenden politischen Fragen dieses Sommers neben unserem zunehmenden Entsetzen über die aufkeimende und stetig wachsende Neo-Nazi-Bewegung in der noch existierenden DDR.

Privat ging es am Eiderdeich weiter wie gehabt. Ich hatte meinen endlosen Zivildienst (damals noch 20 Monate!) im häßlichen Ostssebad Damp hinter mich gebracht und machte mich dann mit nun 21 Jahren daran, den Pkw-Führerschein aus Einsicht in die Notwendigkeit bei einem notorisch cholerischen Fahrlehrer zu erwerben. Außerhalb dessen war es aber ein sehr schöner Sommer an der Eider und auch bei ausgedehnten Besuchen bei Freunden auf der Nordseeinsel Föhr.

Gleichzeitig galt es, das bevorstehende Nordistik- Studium an der Uni Kiel vorzubereiten – die Wohnungssuche entpuppte sich als langwierige und schwierige Aufgabe, während die Studien- Vorbereitungs-Gespräche und die eigentliche Einschreibung problemlos verliefen. Die vielen Aufenthalte auf Föhr und später auf Amrum müssen mich wohl so beeindruckt haben (und vor allem, daß diese mit Ferring bzw. Öomrang eigene friesische Sprachen haben), daß ich nach einigen Semestern mein 1. Nebenfach auf »Friesische Philologie« wechselte und dort im erweiterten »Heimatstudium« zusammen mit den Sprachen Dänisch und Isländisch in der Nordistik sehr viel über die schleswig-holsteinische Westküste lernte. Das Studium muß mir in der Tat so sehr gefallen haben, daß ich es sehr weit über die Regelstudienzeit ausdehnte.

Sarah hatte es in dieser Zeit allerdings mit besonders vielen Lesungen und anderen Veranstaltungen zu tun – im Rückblick würde ich sogar sagen, mit deutlich zuvielen dieser Veranstaltungen, zumal diese sie immer sehr anstrengten. Allerdings war der tief im Minus stehende Kontostand, der immer sehr stark schwankte (wir sprachen von »Ebbe und Flut«, die allerdings keine festen Zeiten hatten...) hier auch der ganz praktische Antreiber. Unsere Tiere hier in Tielenhemme waren immer unser wichtigster Rückhalt und halfen uns nur durch ihre Anwesenheit sehr.

Politisch richtete sich unsere Aufmerksamkeit eher von der DDR weg und zu den ehemaligen Satellitenstaaten der Sowjetunion hin, hier besonders zur damaligen CSSR und Rumänien, wo die Verhältnisse viel schwieriger waren als in der DDR, besonders in Rumänien. Und auch auf die drei baltischen Sowjetrepubliken, wo sich jetzt Unabhängigkeitsbewegungen zu regen begannen. 1989 hatten uns ja Astride und Ivar Ivask (sie Lettin und er Este) besucht, dadurch fühlten wir uns den baltischen Ereignissen besonders verbunden.

In diesem letzten Sommer der DDR wurde uns aber auch zunehmend klar, wie sehr wir uns innerlich in den 13 Jahren seit unserer Ausreise 1977 von dieser entfernt hatten. Ich selber hatte in den 21 Jahren meines bisherigen Lebens 8 Jahre in der DDR, 3 Jahre in West-Berlin, 1 Jahr in Rom und 9 Jahre in der Bundesrepublik gelebt, war also gewissermaßen »gesamtdeutsch-international«, aber die kurze Zeit im Westen, in der Demokratie, hatte mich im positiven Sinne mehr geprägt und auch Sarah sah die Bundesrepublik bei aller Kritik schon lange deutlich positiver als die DDR. Der entscheidende Unterschied zwischen Demokratie und Diktatur war für uns wesentlich, etwas, das manche ihrer Kolleg/-innen wie etwa mein Herr Vater, Karl Mickel, anscheinend nie begriffen haben.

Der staatliche Vereinigungsakt vom 3. Oktober 1990 war uns allerdings gleichgültig oder sogar ein Graus wegen der nationaltümelnden schwarz-rot-goldenen Fahnenflut und vor Bundeskanzler Helmut Kohl, wir nannten ihn »Birne«, mit seinen nationalistisch-überheblichen Reden grauste es uns ebenso. Demokratie und Rechtsstaatlichkeit in der ehemaligen DDR waren für uns wichtig, nicht Staatszusammenschlüsse. Andererseits waren wir auch nicht der Meinung, daß die DDR unbedingt hätte erhalten werden müssen und saßen daher gewissermaßen zwischen Vereinigungsanhängern und -gegnern »zwischen den Stühlen«.

In diesem Sinne kann ich mich seit längerer Zeit nun für den Begriff des »Verfassungspatriotismus« erwärmen, eher inhaltlich als begrifflich. Nimmt man das alte Kürzel »BRD« auseinander, so bin ich auf das »BR« seit längerer Zeit durchaus »stolz«, aber nicht auf das »D« – ich glaube, so ähnlich ist es Sarah wohl zuletzt auch gegangen.

Bei allen Schwierigkeiten war für uns persönlich der Sommer 1990 eine sehr schöne Zeit. Das Leben hier mit all unseren Tieren in unserer wunderbaren »Tier-Mensch-WG« war für uns der sprichwörtliche »Anker« und das Erleben des Jahresverlaufs in der Natur hier am Eiderdeich ist für mich auch heute, 33 Jahre später, noch ein täglicher Genuß – zumal ja auch Sarah nach wie vor hier im Garten ist; wir haben ihre Urne an ihrem Haus beigesetzt. Täglich erlebt man immer wieder, was wichtig im Leben ist und was weniger – wie z.B. zwanghafter Konsum. Daß es möglich war, hier eine solch erfolgreiche »Neu-Verwurzelung« zu erleben, war für uns eine wunderbare Erfahrung und hat bei allem (politischem) Ärger immer sehr geholfen. Deshalb stand auch 1990 eine »Rückkehr« in die ehemalige DDR für uns nie zur Debatte.

Die tierischen Mitbewohner im Zeitraum des Tagebuchs

von Moritz Kirsch

Die Katzen

Loulou – seit 1979 im Haushalt. Nach zwei Umzügen voller Panik, wenn sie glaubte, Anzeichen eines weiteren Umzugs zu erkennen.

Peter – zugelaufen beim Einzug in Tielenhemme am 5.Mai 1983 zusammen mit seinem leider früh verstorbenen Bruder Paul.

Wassilij – zugelaufen aus dem Kuhstall des Nachbarn.

Anna Blume – russisch blau, Mutter von Minka und Thymian (beide früh überfahren), Kowalski und Göttingen (an Freunde abgegeben).

Der Hund

Robert – Neufundländer, befreundet mit dem Kater Peter, Panik vor Gewitter und Schwimmen.

Die Schildkröten

Cleopatra – Mitbewohnerin seit der Zeit in Westberlin, damals mit dem jung gestorbenen Cäsar.

Der Esel

Geronimo/Jeronimo – jung und ungebärdig.

Die Schafe

Toula – Schwarzkopfschaf, ältestes Mitglied der Schafherde, Lieblingsschaf.

Jasmin – Tochter von Toula.

Samuel und Jonathan – Lämmer von Jasmin.

Mascha – Moorschnucke.

Igor – Moorschnuckenbock mit doppelt gewundenen Hörnern.

Swetlana, Luthien und Thurin – Lämmer von Mascha und Igor.

Thekla – Texelschaf.

Gawain, Arwen und David – Lämmer von Toula.

Anmerkungen

von Frank Trende

7 *Marktflecken* – Heide, Kreisstadt des Kreises Dithmarschen. Mit einer umbauten Fläche von 4,7 Hektar ist der Heider Marktplatz der größte in Deutschland.

8 *Moses* – Moritz Kirsch (geb. 1969), Sohn der Dichterin.

9 *olle Schule* – Seit Mai 1983 lebte Sarah Kirsch mit ihrem Sohn Moritz und dem Komponisten Wolfgang von Schweinitz (geb. 1953) im alten Schulhaus von Tielenhemme an der Eider in Schleswig-Holstein.

– *Gewalt einsetzt* – Am 11. März 1990 hatte sich die ehemalige Sowjetrepublik Litauen durch Souveränitätserklärung wieder zu einem unabhängigen Staat erklärt.

12 *Claudia* – Schulfreundin von Moritz Kirsch.

– *Lisa* – Elisabeth Bernstein (1910–2000), Mutter von Sarah Kirsch.

– *von Bormann* – Alexander von Bormann (1936–2009), Literaturkritiker, Publizist.

13 *Feyl* – Renate Feyl (geb. 1944), Schriftstellerin. Im Roman »Idylle mit Professor«, Berlin 1986, thematisiert sie den Weg der Victorie Gottsched (1713–1762), die von der Gehilfin ihres Mannes zur berühmten Schriftstellerin wird.

– *Merkur* – Zeitschrift für europäisches Denken, hg. von Karl-Heinz Bohrer und Kurt Scheel.

15 *Sigrid* – Sigrid Valtingojer (1935–2013), isländische Künstlerin.

– *Wölfchen* – Wolfgang von Schweinitz. Auch *Welfgen* oder W.

16 *Jochen* – Hans-Joachim Schädlich (geb. 1935), Schriftsteller.

– *Kunert* – Günter Kunert (1929–2019), Schriftsteller, verheiratet mit Marianne. Kunert lebte nach seiner Übersiedlung aus der

DDR im alten Schulhaus von Kaisborstel bei Itzehoe. Er hatte Sarah Kirsch auf das Schulgebäude in Tielenhemme aufmerksam gemacht.

18 *alten Sonne* – »In der alten Sonne«, Erzählung von Hermann Hesse über die Menschen in einem zum Armenasyl umfunktionierten Gasthauss »Zur alten Sonne«, erstmals erschienen 1904.

– *Verena* – Verena Nolte, Literaturwissenschaftlerin, Autorin

19 *Fähre brennt* – Am 7. April 1990 geriet die Fähre »Scandinavian Star«, die zwischen Oslo (Norwegen) und Frederikshavn (Dänemark) pendelte, in Brand. 159 Menschen kamen ums Leben.

21 *Halberstadt* – Sarah Kirsch erlebte den Bombenangriff auf Halberstadt am 8. April 1945, der zu schweren Zerstörungen führte. Sie berichtet davon in »›…fast noch wie in stinkbürgerlichen Zeiten‹ Gespräch mit Sarah Kirsch« in: Achim Leschinsky, Gerhard Kluchert, »Zwischen zwei Diktaturen. Gespräche über die Schulzeit im Nationalsozialismus und in der SBZ/DDR«, Weinheim 1997. S.23 ff.

22 *Regierung fertig* – Die erste freie Volkskammerwahl hatte am 18. März 1990 stattgefunden. Am 12. April 1990 konnte Lothar de Maizière zum Ministerpräsidenten gewählt werden.

– *Leuchtende Pfad* – Peruanische Guerillaorganisation.

– *Cornelius* – Peter Cornelius (geb. 1951), österreichischer Liedermacher und Gitarrist.

23 *Artmann* – Hans Carl Artmann (1921–2000), österreichischer Lyriker. War 1986 Mainzer Stadtschreiber.

– *Bienek* – Horst Bienek (1930–1990), Schriftsteller, Regisseur und Drehbuchautor. War 1989 Mainzer Stadtschreiber.

– *Bothel* – Nach der Übersiedlung aus der DDR, der Zeit in West-Berlin und einem Stipendium in der Villa Massimo zog Sarah Kirsch im Juni 1981 nach Bothel in Niedersachsen.

24 *Carola* – Carola Nicolaou (1949–2004), Kinderbuchautorin.

– *»Die Horen«* – Vierteljährlich erscheinende Zeitschrift für Literatur, Kunst und Kritik.

24 *Dittberner* – Hugo Dittberner (geb. 1944), Schriftsteller.

– *Schröer* – Rolfrafael Schröer (1928–2022), Schriftsteller und Rezitator.

26 *»...sie stirbt.«* – »Die Schlange, welche sich nicht häuten kann, geht zugrunde.« Aphorismus von Friedrich Nietzsche aus »Morgenröte, Gedanken über die moralischen Vorurteile«, 5. Buch, Nr. 573. Werke in drei Bänden, erster Band, München 1966. S. 1279.

– *Herr Sitte* – Willi Sitte (1921–2013), Maler und Grafiker. War lange Präsident des Verbandes Bildender Künstler der DDR.

– *Eselsohren* – In Mühlhausen/Thüringen heißt es, wer am Gründonnerstag keine Brezel isst, dem wachsen Eselsohren.

30 *Ivasken* – Ivar Ivask (1927–1992), estnischer Schriftsteller.

31 *Schwingrasen* – »Schwingrasen«, Prosa, Stuttgart 1991.

32 *Gorleben* – Eine Blockade aus Protest gegen das geplante Endlager für hochradioaktiven Atommüll in Gorleben in Niedersachsen wurde von der Polizei geräumt.

40 *Herzog* – »Herzog«, 1964 erschienener Roman des amerikanischen Schriftstellers Saul Bellow (1915–2005), gilt als Bellows Hauptwerk.

41 *Generaldirektor Schmidt* – Der Kunsthistoriker Werner Schmidt (1930-2010) wurde 1990 Generaldirektor der Staatlichen Kunstsammlungen Dresden.

43 *Birne* – Spottname für den CDU-Politiker Helmut Kohl (1930–2017), von 1982 bis 1998 Bundeskanzler.

– *Lafontaine* – Oskar Lafontaine (geb. 1943) war Kanzlerkandidat der SPD für die Bundestagswahl am 2. Dezember 1990. Verließ die SPD 2005.

44 *Serke* – Jürgen Serke (geb. 1938), Journalist und Schriftsteller.

– *Nicolaou* – Thomas Nicolaou (1937–2008), griechisch-deutscher Schriftsteller und Übersetzer. Als »IM Anton« Informant des DDR-Ministeriums für Staatssicherheit.

49 *Drew* – David Drew, britischer Musikjournalist (1930–2009).

50 *Riehm* – Rolf Riehm (geb. 1937), Komponist.

50 *Lutz* – Heinz Ludwig Arnold (1940–2011), Literaturwissenschaftler und Publizist.

51 *Irmtraud* – Irmtraud Morgner (1933–1990), Schriftstellerin. Veröffentlichte mit Sarah Kirsch und Christa Wolf »Geschlechtertausch – Drei Geschichten über die Umwandlung der Verhältnisse«, Darmstadt 1980.

53 *PEN* – Schriftstellerorganisation, die Abkürzung steht für Poets, Essayists, Novelists.

54 *Hermlin* – Stephan Hermlin (1915–1997), Schriftsteller.

55 *Hilbig* – Wolfgang Hilbig (1941–2007), Schriftsteller.

– *Tisch* – Zum Scheren der Bauchpartie eines Schafs legen die Schafscherer das Tier auf einen Tisch, »Scherbock« genannt.

57 *Allerlei-Rauh* – Sarah Kirschs Prosaband »Allerlei-Rauh«, Stuttgart 1988, und Christa Wolfs Erzählung »Sommerstück«, Berlin, Weimar 1989, beschreiben aus unterschiedlichen Perspektiven den gemeinsam verbrachten Sommer 1975 in Neu Metelen.

– *Staatsvertrag* – Am 18. Mai 1990 wurde in Bonn der Staatsvertrag über die Schaffung einer Währungs-, Wirtschafts- und Sozialunion unterzeichnet.

58 *Distel* – Peter-Michael Diestel (geb. 1952), ehemaliger Politiker, im Kabinett von Lothar de Maizière 1990 der letzte Minister des Innern der DDR.

– *Markus Wolf* – Markus Wolf (1923–2006), Chef des Auslandsnachrichtendienstes der DDR. 1952 bis 1986 Leiter der Hauptverwaltung Aufklärung im Ministerium für Staatssicherheit.

– *Krumbholz* – Eckart Krumbholz (1937–1994), Schriftsteller, Redakteur.

60 *regierende »Front«* – Die »Front für Nationale Rettung« war eine Nachfolgeorganisation der ehemaligen Kommunistischen Partei Rumäniens.

61 *Anderson* – Alexander »Sascha« Anderson (geb. 1953), Schriftsteller, prägende Figur der alternativen Künstlerszene im Prenzlauer Berg in Ost-Berlin. Wurde von Wolf Biermann im Oktober 1991 als Inoffizieller Mitarbeiter des DDR-Ministeriums für Staatssicherheit enttarnt. Der »Spiegel« (Nr. 43/ 20. Oktober 1991, S. 337) zitierte Sarah Kirsch, ihre Zusammenarbeit mit Sascha Anderson »sei nun ›endgültig vorbei‹, da sei sie mit ihren bespritzelten Freunden ›solidarisch‹.«

61 *Barbara* – Barbara Stieß-Heinrich, Buchhändlerin in Berlin.

– *Post von Christa* – Christa Wolf an Sarah Kirsch vom 17.5.1990. In: Sarah Kirsch, Christa Wolf, »Wir haben uns wirklich an allerhand gewöhnt«. Der Briefwechsel. Berlin 219. Nr. 264, S. 312–314.

62 *Meta Mohaupt* – Name der erfundenen Sekretärin von Sarah Kirsch, die abschlägige Antworten der Dichterin unterzeichnete.

– *»Die vier Enden...«* – Zeilen aus Sarah Kirschs Gedicht »Wintermusik«, in »Schneewärme. Gedichte«. Stuttgart 1989. S. 47.

64 *Karsunke* – Yaak Karsunke (geb. 1934), Schriftsteller.

66 *Pfeffer und Salz* – Entwurf für einen Prosatext für »Schwingrasen«, Stuttgart 1991. Desgleichen die nachfolgenden Stücke: »Waldhorn«, »Katzenpfote«, »Weihnachten«, »Versteinerte Wälder«, »Erschütterungen«, »Lachen«, »Winter Has Come« und »Nybrogatan«.

70 *3erlei Texte* – a) »Schwingrasen«, Prosa, Deutsche Verlags-Anstalt, Stuttgart 1991; b) »Spreu«, Prosa, Steidl Verlag, Göttingen 1991; c) »Wallenstein« von Sarah Kirsch, »Papiergüsse« von A.R. Penck. Künstlerdruck auf handgeschöpftem Papier, hg. von Sascha Anderson, 1991.

71 *Bush* – Vom 30. Mai bis zum 3. Juni 1990 besuchte der sowjetische Präsident Michail Gorbatschow die USA. Am 2. Mai 1990 traf er mit US-Präsident George Bush zusammen.

72 *Häftlingsmeuterei* – Seit dem 28. Mai 1990 rebellierten Häftlinge der JVA Hamburg-Fuhlsbüttel gegen ihre Haftbedingungen. Die Polizei beendete die Unruhen am 1. Juni 1990.

78 *Jochens Predigt* – »Dichter predigen« war eine Veranstaltungsreihe in Schleswig-Holstein, organisiert von der Literaturgesellschaft Schleswig-Holstein e.V. und dem NDR. Die Predigt von Hans Joachim Schädlich ist abgedruckt in: Hans Joachim Schädlich (Hg.), »Dichter predigen in Schleswig-Holstein«, Stuttgart 1991. S. 46–55.

– *Asher Reich* – geb. 1937. Israelischer Schriftsteller. Als Stipendiat im Jüdischen Museum Rendsburg zu Gast. Auch er trat in der Reihe »Dichter predigen« auf. Seine Predigt »Das Wort und die Kerze«, in der er das Gedicht »Wintermusik« von Sarah Kirsch auf Deutsch und Hebräisch zitiert, »einer Dichterin, deren Werk ich sehr schätze«, findet sich in Hans Joachim Schädlich (Hg.), »Dichter predigen in Schleswig-Holstein«, Stuttgart 1991. S. 82–89.

80 *Greiner* – Ulrich Greiner (geb. 1945), Journalist, Kritiker, 1990 Feuilletonchef der ZEIT

– *»Was bleibt«* – Erzählung von Christa Wolf. Im Juni 1990 erschienen, geht es um eine Schriftstellerin, die von der Stasi observiert wird. Von der Kritik wurde der Autorin vorgeworfen, diese Erzählung erst nach dem Zusammenbruch der DDR veröffentlicht zu haben. Die Diskussion wuchs sich zu einem deutschen Literaturstreit aus, in dem es darum ging, ob die DDR-Literatur als minderwertig anzusehen sei und ob nicht nur Christa Wolf, sondern auch die linksliberalen Intellektuellen der alten Bundesrepublik zu nachsichtig mit der DDR gewesen wären. Die Debatte ist dokumentiert in: Thomas Anz (Hg.), »›Es geht nicht um Christa Wolf‹ Der Literaturstreit im vereinten Deutschland«, München 1991.

– *Platonow* – Andrei Platonowitsch Platonow (1899–1951), russischer Schriftsteller.

82 *Articul* – Hier im Original eingeklebt Artikel FAZ, 2.Juni 1990, Frank Schirrmacher: »Dem Druck des härteren, strengeren Lebens standhalten«, »Auch eine Studie über den autoritären Charakter: Christa Wolfs Aufsätze und ihre jüngste Erzählung WAS BLEIBT« und Artikel DIE ZEIT, Ulrich Greiner: »Mangel an Feingefühl« als Teil von »Was bleibt. Bleibt was?«, »Pro und Contra, eine ZEIT- Kontroverse über Christa Wolf und ihre neue Erzählung«.

83 *Ach Hase…* – Neben diesen Eintrag hat Sarah Kirsch das Glanzbild eines Hasen eingeklebt, der einen gefalteten Papierhut zwischen den Ohren trägt.

– *neues Buch* – Mit diesem Eintrag enden die Notate in der Kladde. Sarah Kirsch beginnt ihre Tagebucheinträge in einer neuen Kladde.

– *Kurtchen* – Kurt Bartsch (1937–2010), Schriftsteller.

– *Irene* – Irene Bartsch (geb. 1933), Schriftstellerin, Dramaturgin.

86 *Koeppen* – Wolfgang Koeppen (1906–1996), Schriftsteller.

87 *Herr Bellow* – Saul Bellow (1915–2005), amerikanischer Schriftsteller.

88 *Frank-Planitz* – Ulrich Frank-Planitz (1936–2011). War von 1978 bis 1997 Geschäftsführer der Deutschen Verlags-Anstalt in Stuttgart, Kirschs Verlag.

– *Gruša* – Jiˇr í Gruša (1938–2011). tschechischer Schriftsteller, engagierte sich im Prager Frühling und in der Bürgerrechtsbewegung Charta 77. War 1989 als Stipendiat im Jüdischen Museum Rendsburg zu Gast. Nach dem Mauerfall kehrte er nach Prag zurück. Václav Havel ernannte ihn zum Botschafter erst der Tschechischen und Slowakischen Föderativen Republik und dann Tschechiens in der Bundesrepublik. 1991 erschien in der Deutschen Verlags-Anstalt, Stuttgart, sein Lyrikband »Der Babylonwald« mit einem Nachwort von Sarah Kirsch. Das Gedicht »Das Erwachen« trägt die Widmung »für Sarah Kirsch in T.«.

91 *Symposion* – Das Symposium begann am 10. Juni und fand im Schloß Cäcilienhof statt. Eingeladen waren ost- und westdeutsche Schriftstellerinnen und Schriftsteller, Politiker, Journalisten.

– *Jens* – Walter Jens (1923–2013), Altphilologe, Literaturhistoriker, Schriftsteller, Kritiker und Übersetzer; Ordinarius für Rhetorik, bis 1989 Präsident des PEN-Zentrums Deutschland und 1989–1997 Präsident der Akademie der Künste zu Berlin.

– *Schorlemmer* – Friedrich Schorlemmer (geb.1944), evangelischer Theologe und Bürgerrechtler.

92 *Yeats* – William Butler Yeats (1865–1939), irischer Dichter.

– *Pessoa* – Fernando Pessoa (1888–1935), portugiesischer Dichter.

93 *»eiserne Garde«* – 1927 gegründete faschistische Bewegung im Königreich Rumänien.

– *Dinescu* – Der rumänische Dichter Mircea Dinescu (geb. 1950) nahm 1990 als Gast an der Jahrestagung des PEN-Zentrums der Bundesrepublik in Kiel teil.

– *Söllner* – Werner Söllner (1951–2019), deutscher Schriftsteller, der der deutschsprachigen Minderheit der Banater Schwaben in Rumänien angehörte.

94 *Lieber Gerhard* – Sarah Kirsch an Gerhard Wolf vom 14.6.1990. Siehe dazu Brief und Anmerkungen in: Sarah Kirsch, Christa Wolf, »Wir haben uns wirklich an allerhand gewöhnt«. Der Briefwechsel. Berlin 2019. Nr. 268, S. 319–320.

– *Herrn Janus* – Gerhard Wolf hatte Sarah Kirsch in seinem Brief vom 7. Juni 1990 darüber informiert, dass er mit Beteiligung von Christa Wolf einen Kleinverlag namens »janus press« gegründet hatte. Siehe: Sarah Kirsch, Christa Wolf, »Wir haben uns wirklich an allerhand gewöhnt«. Der Briefwechsel. Berlin 2019. Nr. 268, S. 316–328.

– *Grünbein* – Durs Grünbein (geb. 1962), Lyriker und Essayist.

– *Gino* – Gino Hahnemann (1946-2006), Schriftsteller und Architekt.

95 *Höpcke* – Sarah Kirsch bezieht sich auf den Beitrag »Offener Brief – An den Leiter der Hauptverwaltung Buchhandlung und Verlage im Ministerium für Kultur Klaus Höpcke« von Franz Fühmann (1922–1984) in der Zeitschrift Sinn und Form, Heft 3/1990, S. 459 ff.

97 *Loest* – Erich Loest (1926–2013), Schriftsteller.

– *Margarete* – Margarete Hannsmann (1921–2007), Schriftstellerin, Mitglied des PEN-Präsidiums.

– *Herr Kant* – Hermann Kant (1926–2016), Schriftsteller, 1978–1990 Präsident des DDR-Schriftstellerverbands, 1986 bis 1989 Mitglied des ZK der SED.

100 *Bishop* – Elizabeth Bishop (1911–1979), amerikanische Dichterin.

103 *Naegeli* – Harald Naegeli (geb. 1939), schweizerischer Künstler, von Sarah Kirsch auch Harry genannt, berühmt geworden als »Sprayer von Zürich«. Kehrt 2020 aus Düsseldorf nach Zürich zurück.

– *Södergran* – Edith Södergran (1892–1923), finnlandschwedische Lyrikerin und Schriftstellerin.

104 *Jesse Jensen* – Jens Jessen (geb. 1953), Journalist, 1990 Feuilletonredakteur der Frankfurter Allgemeinen Zeitung.

105 *Berghofer* – Wolfgang Berghofer (geb. 1993), 1986–1990 Oberbürgermeister von Dresden.

106 *Miete* – Eine Miete ist eine Lagerform für landwirtschaftliche Güter, etwa für Rüben. In der Grünlandwirtschaft wird gemähtes Gras in Mieten eingelagert und durch einen Gärprozess, das Silieren, haltbar gemacht.

– *Goldstücker* – Eduard Goldstücker (1913-2000), tschechoslowakischer Literaturhistoriker, Publizist, Germanist und Diplomat.

108 *Thochen* – Dorothea Hanelt (geb. 1935), Freundin von Sarah Kirsch aus Schulzeiten.

109 *Paetzke* – Iris Paetzke (1961-2015), Literaturwissenschaftlerin und Rechtsanwältin, Lektorin.

112 *Vanderbilke* – Birgit Vanderbeke (1956-2021), Schriftstellerin.

– *Der Rumäne* – Franz Hodjak (geb. 1944 in Hermannstadt, Rumänien), deutschsprachiger Schriftsteller.

114 *schönen Articul* – Günter Kunert, »Weltfremd und blind. Zum Streit um die Literatur der DDR«. Frankfurter Allgemeine Zeitung, 30. Juni 1990.

– *Botschaftsbesetzer* – Ab dem 1. Juli 1990 suchten Flüchtlinge in Albanien Zuflucht in Botschaften westlicher Staaten. Auf dem Gelände der Botschaft der Bundesrepublik Deutschland befanden sich rund 3000 Menschen, die ab dem 12. Juli das Land verlassen konnten.

115 *Neutsch* – Erik Neutsch (1931-2013), Schriftsteller.

– *VS* – Verband deutscher Schriftsteller, Bundesvorsitzender von 1989 bis 1994 war Uwe Friesel.

116 *Kremehütchen* – auch Cremehütchen oder Creme-Hütchen. Dahinter verbirgt sich Rolf Haufs (1935-2013), Lyriker und Journalist.

118 *Delius* – Friedrich Christian Delius (1943-2022), Schriftsteller.

120 *Franziskus* – Motiv von Giovanni Francesco Barbieri (1591-1666), italienischer Maler.

123 *Paris* – Helga Paris (geb. 1938), Fotografin.

124 *Elke* – Elke Erb (geb. 1938), Schriftstellerin.

125 *Janka* – Walter Janka (1914–1994), Verleger, wegen »konterrevolutionärer Verschwörung« 1957 zu Zuchthaus verurteilt. Wegen internationaler Proteste vorzeitig aus der Haft entlassen und rehabilitiert.

126 *Christensen* – Inger Christensen (1935–2009), dänische Lyrikerin.

– *Hiltmann* – Jochen Hiltmann (geb. 1935), Bildhauer.

– *Oelze* – Richard Oelze (1900–1980), Maler.

– *Aigi* – Gennadi Nikolajewitsch Aigi (1934–2006), russischer und tschuwadischer Lyriker.

127 *Kolbe* – Uwe Kolbe (geb. 1957), Lyriker, Prosaautor und Übersetzer.

129 *Hyun-Sook* - Hyun-Sook Song (geb. 1952), Künstlerin. Stattete die Gedichtauswahl »Tiger im Regen«, Ravensburg 1990, von Sarah Kirsch mit Bildern aus.

130 *Walser* – Robert Walser (1878–1956), Schweizer Schriftsteller.

132 *Mauer-Rock-Spektakel* – Auf dem ehemaligen Niemandsland am Potsdamer Platz wurde die Rockoper von Pink-Floyd-Bassist Roger Waters aufgeführt. Mehr als 300 000 Gäste erlebten das Spektakel, das an diesem Standort von besonderer Symbolkraft war.

137 *Kirsten* – Wulf Kirsten (geb. 1934), Schriftsteller.

– *Mieraus* – Sieglinde Mierau (geb. 1933), Germanistin und Skandinavistin, Fritz Mierau (1934–2018), Slawist, Literaturwissenschaftler.

139 *Staeck* – Klaus Staeck (geb. 1938), Grafikdesigner, Jurist.

– *Vesper* – Guntram Vesper (1941–2020), Schriftsteller.

– *Seyppel* – Joachim Seyppel (1919–2012), Schriftsteller, Literaturwissenschaftler.

141 *Amery* – Carl Amery (1922–2005), Schriftsteller, 1989–1991 Präsident des PEN-Zentrums Deutschland.

143 *Stern* – Carola Stern (1925-2006), Journalistin, Publizistin. War vor 1945 Jungmädel-Gruppenführerin im weiblichen Zweig der Hitlerjugend, dem Bund Deutscher Mädel.

148 *Saudi-Arabien* – Nach der irakischen Invasion Kuwaits am 2. August 1990 (Beginn des sog. Zweiten Golfkriegs) bildeten die USA ein Militärbündnis gegen den Irak, im Januar 1991 begannen Kampfhandlungen gegen den Irak.

– *Czechow* – Heinz Czechowski (1935–2009), Schriftsteller.

150 *Wiens* – Paul Wiens (1922–1982), Lyriker, Übersetzer, Chefredakteur der Zeitschrift »Sinn und Form«.

152 *Steinarr* – Steinn Steinarr (190ß–1958), isländischer Lyriker.

155 *Kirsch* – Rainer Kirsch (1934–2015), Schriftsteller, Übersetzer. 1958-1968 mit Sarah Kirsch verheiratet.

– *Fries* – Fritz Rudolf Fries (1935–2014), Schriftsteller und Übersetzer.

– *Kahlau* – Heinz Kahlau (1931–2012), Lyriker.

158 *Gemeinschaftsprojekt* – In der Edition Klaus Staeck erschien 1991 die Kassette »Raumbewegungen – Harald Naegeli Zwölf Radierungen 1991 – Wasserzeichen – Sarah Kirsch Zwölf Texte.«

163 *Herrn Hansen* – Hermann Hansen (1904–2001), Tischlermeister und Heimatforscher in Friedrichstadt. Hansen gab seine Bücher im Selbstverlag heraus und saß häufig vor seinem mit historischen Kanonen dekorierten Haus, um mit Passanten ins Gespräch zu kommen. Ein besonderer Fokus seiner Heimatkunde lag auf der Geschichte Friedrichstadts als Ort religiöser Toleranz.

165 *Knobloch* – Heinz Knobloch (1926–2003), Schriftsteller.

170 *Pentti* – Pentti Saarikoski (1937–1983), finnischer Schriftsteller.

171 *Giwi* – Giwi Margwelaschwili (1927–2020), deutsch-georgischer Schriftsteller.

172 *Leising* – Richard Leising (1934–1997), Lyriker. 1990 erschien der Band »Gebrochen Deutsch«. Unter dem Titel »Linkshänder, Richard Leisings Gedichte« erschien die »Leseempfehlung« von Sarah Kirsch in der Frankfurter Allgemeinen Zeitung, 13. November 1990. Kirsch lobt darin den Band als »Meisterwerk« und prognostiziert: »Wahr ist aber, daß Leisings Gedichte in einhundert Jahren, falls der Planet sich dann noch dreht, zu großer, verdienter Berühmtheit gekommen sein werden und sich immer fast vollzählig, was der Vorteil von einem schmalen Werke ja ist, in den ordentlich gearbeiteten Anthologien und Lesebüchern befinden werden.«

173 *Maiwald* – Peter Maiwald (1946-2008), Lyriker.

174 *Bellman* – Carl Michael Bellman (1740-1795), schwedischer Dichter.

– *Schenk* – Johannes Schenk (1941-2006), Schriftsteller. 1990 erschien in der Deutschen Verlags-Anstalt der Lyrikband »Spektakelgucker«.

178 *Stein* – Gertrude Stein (1874-1946), amerikanische Schriftstellerin.

181 *Hünni* – Hünni Zarius, Künstlerin.

183 *Aber nun diesz!* – Hier ist im Original ein Zeitungsartikel ohne Quellenangabe eingeklebt: »Christa Wolf in Paris« – »Heiner Müller ist keine Frau« – C.W. in Paris von Jack Lang zum »Officier de l'Orde des Arts et des Lettres« ernannt«.

186 *Mayröckerin* – Friedericke Mayröcker (1924-2021), österreichische Schriftstellerin.

– *Stasi-Buch* – Erich Loest, »Die Stasi war mein Eckermann oder: mein Leben mit der Wanze« erschien 1990 im Leipziger Linden Verlag, den Loest 1989 gegründet hatte. Loest rekonstruiert auf der Basis von 31 Mappen Stasiberichten mit 9000 Blatt seine Überwachung. Siehe dazu: Wilfried F. Schoeller »Eine Realfiktion – Erich Loest veröffentlicht seine Geheimakten«. Die Zeit 42/1990 vom 12. Oktober 1990.

188 *Papenfuß* – Bert Papenfuß-Gorek (1956-2023), Lyriker. Bei Steidl erschien im September 1990 der Band »tiské« mit Bildern von A.R. Penck.

– sehr *schönes* – Erste Zeile des Gedichts »ihr seid ein volk von sachsen«, in: Bert Papenfuß-Gorek, »tiské«, Göttingen 1990. S. 69.

191 *Demski* – Eva Demski (geb. 1944), Schriftstellerin.

– *Härtling* – Peter Härtling (1932-2017), Schriftsteller

– *Lindemann* – Gisela Lindemann (1938-1989), Literaturkritikerin.

196 *Porno* – Die Gedichte der Lyrikerin Ulla Hahn (geb. 1945) erschienen wie die von Sarah Kirsch in der Deutschen Verlags-Anstalt. Im Sommer 1990 wurde Hahns Debütroman »Ein Mann im Haus« angekündigt. In dem Roman geht es um eine Goldschmiedin, die sich an ihrem Geliebten rächt, weil dieser sich nicht von seiner Ehefrau trennen will. Die Goldschmiedin lockt ihren Geliebten in ihre Wohnung, betäubt, knebelt und fesselt ihn. Sie macht ihn zum Objekt ihrer Rache. Sie flößt ihm Nahrung durch ein Loch im Knebel ein, reizt durch Vorlesen, mit Musik und Sexspielchen. Der Roman erschien 1991 und löste schon im Vorfeld zahlreiche Medienbericht aus. Die Kritik reagierte zurückhaltend. Ulla Hahn war seinerzeit mit dem SPD-Politiker Klaus von Dohnanyi liiert, seit 1996 sind beide miteinander verheiratet.

197 *Literarisches Quartett* – Sendung vom 1. Oktober 1990 mit Marcel Reich-Ranicki, Sigrid Löffler, Hellmuth Karasek und als Gast Carola Stern. Vorgestellt werden folgende Titel: Peter Handke, »Versuch über die Jukebox«; Peter Handke, »Noch einmal für Thukydides«; Bodo Kirchhoff, »Infanta«; Johannes Mario Simmel, »Im Frühling singt zum letztenmal die Lerche« und Ludwig Harig, »Weh dem, der aus der Reihe tanzt«.

Sarah Kirsch, geboren 1935 in Limlingerode im Südharz, studierte zunächst Biologie in Halle, dann Literatur in Leipzig. Seit 1968 lebte die Schriftstellerin in Ost-Berlin und ab 1977 im Westen der Stadt. 1983 zog sie in das alte Schulhaus des Dorfs Tielenhemme in Schleswig-Holstein. Bei Steidl erschienen ihre Bücher *Nachtsonnen*, *Wasserbilder*, *Spreu*, *Islandhoch* und *Sommerhütchen*. Sie starb 2013 in Heide.

Editorische Notiz:
Die Originale der hier veröffentlichten Tagebücher befinden sich im Besitz von Moritz Kirsch, Tielenhemme, der auch die Transkription besorgte.

Erste Auflage November 2023

Umschlaggestaltung: Holger Feroudj / Steidl Design
Lektorat/Anmerkungen: Frank Trende
Buchgestaltung: Gwenda Winkler-Vetter / Steidl Design
Gesamtherstellung und Druck: Steidl, Göttingen

Steidl
Düstere Str. 4 / 37073 Göttingen
Tel. +49 551 49 60 60
mail@steidl.de
steidl.de

ISBN 978-3-96999-261-6
Printed in Germany by Steidl

Auch als eBook erhältlich